U0586966

i

为了人与书的相遇

翅鬼

双雪涛 著

广西师范大学出版社

· 桂林 ·

再版序

　　《翅鬼》是我的第一部小说，之前也试着写过，之后也写过其他东西，第一部是这个，事实上接近第一部，心理上认定是第一部，这就是《翅鬼》，但是这个题目并不是原先的，原先叫《飞》，后来改做《翅鬼》，由抽象到了实体，其实没有什么特殊的原因，是当时在台湾出版时出版社定的。

　　这部小说大概写于二〇一〇年的夏天，发轫于一次文学比赛，我记得写之前，我用朋友送我的信纸梳理自己的思路，那信纸又大又薄，好像是摊得极薄的鸡蛋饼，我就用圆珠笔在上面胡乱写我想到的词语，没有句子，都是词语，好像有井，有峡谷，有翅膀，有宫殿，这些东西都毫无意义，直到出现了一个词语叫做"名字"，于是就有了小说的第一句话，"我的名字叫默，这个名字是从萧朗那买的"。到现在为止，这句话还是我写过的最得意的开头，因为它不但使我很快写完了这部六万字的小说，也使我写出了后来的小说，它是我所有小说的开头，每当我想起这件事，就不得不越过我无神论者的头顶去相信宿命，在那个时刻，无论他叫什么名字，那个洞察一切但是并不追求简单公平的人，用指节敲敲了我的脑壳，赐予我一个句子，从而赐予我一种生活，句子先于事实，如同光的名字先于光而存在，渺小如我身上发生的事情也算是一种证明。

关于这部小说的好坏，我很少想他，每当我被别人引诱去思考此事的时候，都感受到一种对往昔的粗暴态度。有时我回到写出这部小说的书桌前面，我就像站在了自己的背后，面前的那个我光着膀子，紧锁房门，苦于打字速度跟不上自己的想法，那是初次浮于地表的河流，无知奔淌，漫无目的，那个我从不认为自己在搞文学，实际上并不知道自己在搞什么，只是因为在搞而激动，甚至也许只是因为那清脆的打字声，只是因为一个个黑色的字符排列而兴奋，或者还有一种可能，就是一个卑微者第一次觉察到了自己的力量，他不计后果地滥用它，因为本来就不是什么了不起的力量，所以无论怎么滥用都显得克制。

今天我靠写作为生，有时候还要出去谈买卖，和写作有关的买卖，有些人说我具备了某种风格，也有人说我可以变得更好，有些人可能也觉得我不过如此，可以轻易戳穿，我自己也无法确切地知道自己变成了什么样子。我感受到艰难，也经常为了一两个句子而兴奋地走来走去，觉得自己的脑袋可以顶破房顶，但是无论如何，我一直有一个坏习惯，就是不太把别人的话当回事儿，有人可能总觉得自己被围观，我可能是相反的那类物种，从来不觉得别人在看我，谁愿意花时间在角落那个独自饮酒的家伙身上呢？或者说，所谓的他人，有多少是自己的映射呢？这样自私自利的想法，其实是从写《翅鬼》时开始的，因为那时我孤身一人，无人知晓，自己饲养笼子里的自己，倒也活了下来。作家就是独个儿的那个人，从我写第一篇小说时，就记下了这一点，虽然作家写的都是人与人之间的事情。

这本书的再版首先要感谢我的编辑罗丹妮女士，她温和地说服了我，还有楚尘先生，他几次给我写邮件，阐述再版此书的必要。这一版本恢复了在台出版时六万字的版本，因为这个版本是最初的，也相对比较整洁，我这次重看，没有修改一个字，不是因为已经完美无瑕，是因为就这个叙述的特征，我现在是写不过那个时候的。名字还是用《翅鬼》，有时候命运给你的，就接着，就像小说的第一句话，默接受了萧朗给他的名字，那我也接受吧。今天晚上和朋友去看了一场戏，回来的路上我说，我想为我前一天的所作所为道歉，不知是戏的作用还是夜雨的启发，也许用不了多久，我就将此事遗忘，但是在此记录下来，这个夜晚就永远不会被抹去，就因为这个，我感谢生活。

双雪涛

二〇一八年八月五日

一

　　我的名字叫默，这个名字是从萧朗那买的，萧朗
要了我六个蚕币，那时候我们雪国只有两种货币，蚕
币和蛾币，三千蚕等于一蛾，所以一般老百姓是没见
过蛾币的，据说蛾币是用熟铜熔出的飞蛾模样，反正
我是没有见过。

　　一个蚕币能买一大筐雪梨，你们不知道什么是雪
梨吧，雪梨是雪国冬天唯一的粮食，一筐雪梨能让一
家三口在井下活上六天到七天。所以，萧朗这小子实
打实地敲了我一笔竹杠，一个名字，而且只有一个字，
要了我六筐雪梨，妈的，他当时还振振有词：

　　"你有了名字，等你死的那天，坟上就能写上一个
黑色的'默'字，走过路过的就会都知道，这地方埋

着一堆骨头，曾经叫默，这骨头就有了生气，一般人不敢动它一动，你要是没有名字，过不了多久你的坟和你的骨头就都被踩成平地了，你想想吧，就因为没有名字，你的骨头就会被人踩碎粘在鞋底，你不为现在的你着想，你也得为你以后的骨头着想。"

他一说完，我浑身的骨头就吱吱作响，好像要跳出来替我发言，我赶紧说：

"萧朗，闭嘴。"

然后我掏出六个蚕币说：

"我买了，你告诉我'默'字是什么意思，怎么写。"萧朗接过蚕币，挨个看了看，当时蚕币有赝品流于世上，真的蚕币活蚕镀铁，黑色里有浅浅的白痕，而赝品死蚕镀铁，只有通体的黑色，找不到白痕。萧朗找到六条清晰的白痕之后，掏出一片锋利得像刀一样的石头，说：

"你是我见过的唯一一个和我的话一般多的翅鬼，所以我给你取名为默，意思是少说两句。实话讲给你，我真的接受不了除了我之外，还有一个这么贫嘴的翅鬼。最重要的是，我想和你交个朋友，如果我们俩都抢着说话，那么我们的交谈就会杂乱无章，如果我说你听的话，我想我们会交情日笃。你想我把你的名字文在哪？"

我环顾全身，说：

"如果你的刀法不行，你把它文在我脖子上，如果你的刀法可以，你把它文在我右臂吧。"

他把石头一挥，说：

"右臂给我。"

从那之后，我的右臂上有了一个模糊不清的字，之所以模糊不清是因为在文上去的过程中，他出现了几次笔误，可是后来他一直坚持那不是笔误，"默"字的写法就是那么循环往复的，我不和他争辩，他说得对，如果我们都抢着说，就交不成朋友了。

这次交谈我记得异常清楚，那时我们就站在漫天飞扬的大雪里，刚刚进入雪国的雪季，雪国上千口井的井口需要修葺，而这时候所有的雪国人都已经入井了。

雪国一年里有九个月是在雪季，到了雪季如果还待在地上，要么被冻死，要么被饿死，于是雪国人就发明了井。雪国遍布大小的火山口，地下十分温暖，雪季来临的时候雪国人就住在井里，雪国有数千条蜿蜒的地下小溪，把一口口井连了起来。雪国人在地上的三个月除了晒太阳就是去山上打猎，采摘足够九个月吃的雪梨。所以到了雪季还能够待在地上的只有我们翅鬼，除了我们相对强壮能对抗寒冷之外，还因为我们从出生那天就是囚犯。你们的书上没提过翅鬼这个名字吧，提到的是翼灵。雪国人绝大多数都是双手双足一个脑袋，谓之五体。雪国人描述崇拜常说五体投地，意思就是这五个地方全都着了地，就像我现在做的样子，其实就是磕头，可你们瞧见了，我除了这五体，还有两体怎么也着不了地，这就是我的翅膀。你们当然可以嘲笑我，不用偷偷地把嘴捂起来，我的翅膀确实又丑又小，和你们的翅膀比不了，可是当年在雪国的时候，这一对小小的翅膀就足以让我服一辈子的苦役，成为终生的囚徒，因为整个雪国八十几万雪国人，出生的时候带着这么一对小翅膀的人不足三千人。我们的出生通常被解释成不祥之兆，雪国人认为一个家族如果出现了带着翅膀降世的孩子，肯定是因为祖上和谷妖有染。根据传说，谷妖通体漆黑，双爪双足双翅。它们被认为来自雪国最南面的大断谷之中。雪国三面环海，海上漂浮着硕大的冰山，雪国人有几次造了几艘大船想出海碰碰运气，可是无一例外都是刚刚启程就被飞快移动的冰山撞破，沉入冰水化作淤泥，而南面是一望无际的大断谷，之所以一望无际是因为断谷下面常年向上升腾着雾气，在断谷中飘浮，你眼力再好，也看不见对岸是什么样子。断谷中还经常传来缥缈的歌声，传说很久以前有人循声走进，被黑色的铁钩钩入谷中，男人再没生还，女人被弄得浑身乌青扔在崖上，有的回到家中竟然诞下婴孩儿，其他处与雪国人无异，只是背上多了一对黑色的小翅。等婴孩长大，小翅亦长，可是明显跟不上身体其他部分发育的速度，所以带翅的婴孩终其一生都是飞不起来的，只是除了小翅，四肢比常人力大，而且脾性暴戾，好斗，善战，但短命，据人说寿命最长的翅鬼活了二十九岁。我从没有见过谷妖，也不知道第一个翅鬼是不是这么降生的，但是大断谷里的歌声我是听过的，美得很，像是谷中的风吹动着某种琴瑟，而这琴瑟是一种生灵，当然这只是我的猜测。萧朗说我因为无知而多幻想，我只见到在大断谷的边上修起来了绵延的长城，修这座长城的时候死了很多人，包括上千的翅鬼，多亏当时我还小，连一块像样的石头也搬不起，只配被锁在井底，听地面上沉重的脚步声。可是修之前和修之后都没有见到有谷妖来犯，长城就像一个侧卧着等着客人的娼妓，客人一直没有来。

其实按照雪国一直以来的刑罚，我们这群翅鬼应该生下来就投进冰海，因为我们是谷妖的后代，是不祥的怪物，而且事实证明一旦我们成年便力大无比，徒手就能将一个雪国人撕成两半，若是有趁手的兵器，几十个雪国战士也近不得身前。翅鬼又天生的矫健，飞跑起来任何一个雪国的生灵都休想追得上，只有一种生灵能追上一个逃命的翅鬼，那就是另一只更怕死的翅鬼。所以我们本应该是出生即死去的，在这世上只有短暂的一瞬，便又坠入无际的幽谷，每当我说起这些，萧朗就不屑地撇嘴，说：

"默，命本就是两段无边黑暗中间的一线光亮，和之前和死后比起来，你基本上等于没活过。"

且不说萧朗的怪论，单说我们为什么从溺死变成终生苦役。因为雪国有一册祖上的天书，此书是国君的信物，雪国的每一个国君登基的时候都要手持天书，面北而诵，因为雪国人相信我们是从北海上漂渡而来，我们的同类正在北海那面的花花世界苦苦地等我们回去，而这册天书就是从北海那边带过来的唯一一本书籍。这些不是天书上写的，都是雪国的前辈们通过各种各样的蛛丝马迹研究出来的，而天书上能够朗诵的文字很简短，是封皮上的两个字：婴语。之后一册天书里都是一些奇怪的符号。雪国有史近一千年，每一任国君都宣称自己破解了天书，然后根据天书里的旨意统治四方，有人说天书告诉他要多多纳妾，他便娶了几个百个妾摆在宫中。他还说根据天书的旨意他应该每天都趴在妾的两腿之间倾听上天说给他的耳语，于是他就这么暴毙在一个妾的两腿之间，妾吓得屁滚尿流，这个国君的尸体据说到了入土的那一刻，还隔着棺材发出臭烘烘的味道。有人说天书告诉他，他的身边多是小人，每个小人都想篡他的权，要他的命，这个国君在位的时候，雪国相对比较平静，老百姓活得自由自在，因为朝廷里的官员已经被杀得差不多了，杀到后来终于有人篡了他的权，这场杀戮才停下来，据说他临死的时候说：天书果然没有骗我。

到了我出生之前，霁王即位，他宣布，从今往后，雪国没有死刑，因为天书上说，杀人者一般无异，原因不查。你因为贪财而杀人，我因为你杀人而杀你，你因为奸淫而杀人，我因为你奸淫而杀你，我和贪财者奸淫者无异，统称杀人者。所以我和萧朗这些霁王即位之后出生的翅鬼，得以保命，改为井役，就是终生被锁在井下，出井也是做些雪国人无法承受的苦役。

当然关于天书的这些都是我从萧朗那听来的。

那次修井的劳动是我第一次见到萧朗，那天他被一个兵从远处牵过来，人影被大雪遮得依稀模糊，我看见他嬉皮笑脸和那个兵说话，兵起初一脸木然地牵着他走，如同牵着其他翅鬼一样，像牵着牲口，走了一阵子，兵的脸皮上开始有了若隐若现的笑容，手上的力道也不像开始那样粗鲁，等他到了近前，兵把拴在他脖子上和两只脚之间的铁链除下，扶了一下腰间挂着的雪弩，说：

"别耍花样，否则把你射在地上。"

萧朗给兵鞠了一躬，说：

"谢谢大人，我一定老实，一看您老佩戴雪弩的样子，就知道您是神射手了，小鬼还想多活些时日呢。"

兵歪嘴一乐，把衣襟紧了紧，躲在背风处抽起谷草，味道清香悠远，馋得我直愣愣地看，后面牵着我的兵毫不迟疑地给了我一脚，我赶紧低下头干活。萧朗挨着我，小声说：

"我叫萧朗，你叫什么名字？"

我说：

"我没有名字，你怎么会有名字？"

他一边把井边的雪铲得发出刺耳的响声，一边说：

"我从小特别内向，成天在井下待着，想不内向也难啊，我就给自己取名叫做朗，意思是别自己挤对自己了，开朗点，再怎么说，咱们还比这帮雪国人多一对翅膀呢，跟你讲，身上的零件都不是白长的，上天自有深意。"

我说：

"怪不得你能让那个兵除了你的链子，你话真多。我也爱讲话，但我不愿意和别人讲话，我在井下待得闷了就自己跟自己讲话，挺好玩的，讲得久了我就觉得身边多出一个人来。"

他说：

"那多浪费啊，你以后有话就讲给我，我愿意说话也愿意听人讲话。"

我说：

"好，现在我想说，我真想抽一口谷草啊，能让我抽一口，在这雪地里干上十天不吃不喝我也愿意。"

萧朗说：

"别着急，听说咱们这修井的活得干上三十几天，这些兵很好对付，他们的弱点就是他们瞧不起我们。现在，我们俩不要讲话，要是把他们惹烦了，别的事情就不好办了。"

　　我马上住嘴，手上加劲，卖力干活，时不时我会瞟萧朗几眼，他目不转睛地干活，我也不甘示弱。过了一会我发现，他的面前的坚冰没有什么变化，原来他在想事。我发现，萧朗的模样十分英俊，他没有大多数翅鬼那阴郁的眉骨和尖利的下巴，也没有大多数雪国人那低矮的鼻骨和狭小的眼睛，他的模样让我惊讶翅鬼竟然也能器宇轩昂，而且他的翅膀比我们的都大。

　　第二天，我又看见萧朗远远地向我走来，原来他每天来得都比我们晚一点，走到我的身边他装作不认识我，若无其事地和他的兵攀谈，兵一边帮他除下他的链子一边听他讲：

　　"大人，上古有个传说不知道您知不知道，这也是小人从风里听来的，不知道作不作得准。"

　　兵把卸下的链子擎在手里：

　　"说来听听。"

　　萧朗接着说道：

　　"听说在上古的时候谷草是一种神物，不像现在只要爬得上高山就能采到，那时候谷草长在大断谷的崖边，所以得名谷草了。"

　　兵定睛瞧着他的嘴巴，问：

"那为什么说是神物呢？"

萧朗说：

"传说吸食谷草之烟能激荡血脉，让雪国人的精神高亢，有的时候，据说房事都厉害了几分呢。但是，之所以称之为神物是因为谷草的神力只局限于纯正的雪国人享用，如果是翅鬼吸食谷草，只要超过十口便立时毒发身亡。"

兵把眉毛一挑，说：

"有这等事，我便不信了。"

萧朗挨到兵身边小声说：

"我旁边的这个翅鬼看着就让人讨厌，我们可以拿他一试。我前一阵子在雪地上拾到一蚕，我愿拿这一蚕和大人打赌。"

兵当即将萧朗按在雪地上，浑身上下搜了个遍，连翅膀底下也摸了几把，一无所获。萧朗盯着兵的眼睛，说：

"这一蚕就在我身上，可是您找不到，大人愿意和小人一赌吗？"

兵哼了一声，掏出一蚕说：

"我赌他死不掉。"

萧朗从地上爬起来说：

"大人，不是小人多事，小人是替您着想，万一小人侥幸赢了，这小鬼死在当场，若还是带着链子，上头有人问起来为什么死了一个壮力，您也不好交代，若将他链子除下，让他自己吸食，周围的翅鬼都可作证您是体谅我们小鬼，是他自己不争气，要抢您的谷草来吸，结果吸死了。我便第一个可以作证。"

于是我平生第一次吸食谷草，因为吸得急了，差点呛死，我后来问萧朗：

"要是我当时呛死了，你不就赢了一蚕币？"

他说：

"你觉得他能给我吗？"

等我把气喘过来，站直了，眼里泛着泪花，提起铲子继续干活，萧朗恭恭敬敬从脚下的雪里刨出一蚕币递给兵，兵笑着接过蚕币，问：

"你这个小鬼什么时候藏的？"

萧朗说：

"您把我按在地上的时候，大人。"

不久到了苦役的最后一天，萧朗蹭到我身边对我说：

"你的井在长城边上？"

我说：

"对，你的井也在那边吧，我看你每天都从那边走过来，你怎么知道我也住在那边呢？"

萧朗说：

"你鞋上粘着长城那边的黄土。你的井是紧挨着长城那一排吗？"

我说：

"对，我每天晚上都能听见大断谷里的歌声。"

萧朗继续问：

"你的井从东向西数，是第几个，你可记得？"

我说："这我怎么记得？沿着长城从东向西有几百个囚翅鬼的井。"

萧朗说："你连自己家在哪都不知道，你还觉得挺有道理。不和你说这些，你总知道你的井大概是居中，是偏东，还是偏西吧？"

我说："我从没有觉得我的井偏东或者偏西，那就应该是居中吧。"

萧朗又问：

"你注意过你井下的溪水有黑色的石块吗？从上游冲过来的。"

我说：

"有啊，还挺大的，我估计是从井壁上掉下来的。"

萧朗问："多大？你用手比一下。"

我比了一下："一拳那么大吧。你今天怎么这么多问题？"

萧朗说："再见吧，默。"

这是修井的苦役中，萧朗和我说的最后一句话。

二

　　雪季来了。我的井底除了我就是正在腐烂的雪梨，我的腿和我的脚都被雪梨压在底下，伸展不开，每个雪季我都是这么过来的，和发臭的雪梨睡在一起，因为给我们翅鬼的井实在是太小了。

　　当我刚刚十二岁，被送入井下的时候，已经感到井的狭小，那时候我二十二岁，比十二岁的时候健壮了三圈，即使在春季的时候，我的腿也得蜷着，胳膊靠在井壁上，一觉醒来浑身都是麻的，我就把两腿蹬在井壁上，沿着井壁向上爬。随着我年龄的增长，我能够爬得越来越高，但是翅鬼的井比雪国人的井要深得多，我向上爬了成千上万次，从来没有看见过井盖和井锁，爬得最高的一次差不多看见了井盖的栏条透过的太阳的形状，只看见一个模糊的圆圈。因为上去的时候我用尽了所有力气，所以我几乎是沿着井壁摔下来的，砸烂了好多的雪梨，那一个月我都在贴着井底，舔舐梨浆，舌头几乎磨出了茧子。所以说，我是翅鬼里相对健康的一个。我讨厌无趣，我会想方设法和自己做游戏，聊天，猜谜，攀爬，或者唱歌，而大多数翅鬼二十出头就玩完了。翅鬼过了二十五岁会突然衰老，也许是四周的井壁压坏了他们的身体和心，加上经常要做没完没了的苦力，还有吃这些雪国人扔掉的烂雪梨。大多数翅鬼只求能死得体面点，几乎每个翅鬼都会祈求能够死在地上而不是井下，如果在干苦力的时候累死，至少还能被人看见，找个地方埋掉，如果在雪季死在井底下，就会和雪梨一起被虫子吃掉。尤其是像我这样住在长城边上，接近大断谷的翅鬼，最害怕的就是奇大无比的虫子趁我睡觉的时候咬我一口。大断谷附近的虫子比雪国其他地方的虫子大得多，甲壳也坚硬得多，而且如果你在我的井里捉一只虫子仔细观察，你会发现它是有牙的，锋利的两排，其他地方的虫子吃东西靠的是用舌头舔来舔去，我这儿的虫子会撕咬。所以从我下井那天起，一直在和虫子搏斗，不让它们咬我，不让它们吃梨。我杀了不计其数的虫子，让它们在我的井下横尸遍野，虫子也吃了我不计其数的雪梨，让我经常要饿着肚子出井干活。

在我二十岁的一天，我看见了一只我所见过的最大的虫子，它大得像一只山上飞跑的鼠，体积至少大过了我的脚，六只粗腿，黑色的甲壳借着从上面下来的微弱阳光闪闪发亮，我不知道它的壳下是不是有翅膀，看来它应该是能飞的。我拿起准备好的石块想把它拍扁，我心想，这么大个儿的虫子，不知道要拍上多少下才能把它拍扁。如果它扑过来，我就把石头塞进它的嘴里，然后把它摔到墙上去。虫子也盯着我看，看起来没有要冲过来的意思，我听见它的肚子咕噜噜地叫，看见它的眼睛一直在偷看我身边的挑拣出来的比较光滑完整的雪梨。我想，你长这么大不容易，在我们翅鬼的井下乱窜估计一直没有好果子吃，如果你不是想吃我，只是想吃口梨，我可以接受。我从身边拿起一只看起来不错的雪梨，扔到它的面前，它看也不看就把雪梨撕碎，然后一点点地舔到嘴里。从那以后，它经常到我这里要梨吃，我会经常从自己的口粮里扣出一点留给它。别说我好心，我并不想饿着肚子，养个宠物。自从这只大虫认了我这个朋友之后，任何偷吃我雪梨的虫子被它发现，都要咬死，后来，吃梨的就只剩下我和它，我一点也没吃亏，还小赚了一点。

可自从见到萧朗之后，我不像之前那么擅于自娱自乐。我会想起我的名字：默。天底下只有我和萧朗知道我有个名字。我时常抚摸自己的右臂，虽然我不认识字，我相信这个默字即使有几处笔误，一个识字的人还是会把它认出来的。可是井底下只有我一个人，有时候还有一只大虫子，我们都不识字，它不但不识字，还无法说话，无法称呼我，弄得我十分沮丧。我曾经想出一个办法，就是给大虫起一个名字，我可以称呼它。我想了好多名字，到头来觉得都无法与萧朗给我起的名字相比，他张口就给我起了一个好名字，我想了好多天，想出来诸如六脚、黑皮、馋鼠、胖子等蹩脚的名字，最后决定还是叫它大虫。

总体来说，我的日子还说得过去，大虫时常来陪我，我把雪梨抛向空中，大虫后腿蹬出像射出的弩箭一样击中空中的雪梨，放在我脚边。我一直好奇大虫到底能不能飞，有时候我把雪梨向上扔起，使足全身的力气，雪梨向上飞去，变成了一个小点，大虫和我一样，仰望着升空的雪梨，我催它：

"大虫，叼来给我。"

大虫分明听见了。它气定神闲地等到雪梨落下来，张嘴接住，放在我脚边，我通常会失望地饿上它一顿。

　　除了有大虫陪我，每夜我能听见大断谷里的歌声，听得久了就能听出一些分别，有的时候像是一个物体发出的声音，清晰高亢，有的时候像是和声，震耳欲聋，有的时候是此起彼伏的互相附和，一波未平一波又起，绵延不绝。听得久了，我发现我的喉咙也能发出类似于断谷歌声的声音，我便反复练习，反正有的是时间，唱得渐渐和断谷歌声相似，只不过我听见的歌声穿过了厚厚的石壁，不知道如果身在谷中听见的歌声是不是大不相同。

　　想到身在谷中，身上不自觉地一凉，在雪国人眼里，那可是炼狱之门。

　　不过后来有了些奇怪的事，墙壁里传来的声音除了歌声之外，传来了零星的凿掘之声，只不过凿掘之声来自东侧，不是靠近断谷的一侧。我开始怀疑是自己在井下久了，幻觉找上我，幻想有人穿过石壁来救自己出去，是翅鬼典型的幻想症，很多翅鬼发疯都是从这个念头开始的。后来我认定不是幻觉，因为我堵上耳朵便听不见，而且这凿掘之声是时断时续的，并向我靠近，幻觉不会这么有道理。我把怀疑指向了大虫，我问它是不是它的同伙，和它一般大的虫子在墙里搞什么鬼，原来你这个黑皮六脚的丑东西是个奸细。大虫用无辜的大眼看着我，自己躲到井的一角生闷气，我扔给它几个漂亮的雪梨它也无动于衷，除了把雪梨吃了个干净，没有丝毫原谅我的意思。大虫一向老实，再者如果是虫子想爬进我的井中，只需要沿着溪水就可以，所以在墙中向我爬来的一定是一个大家伙。我严阵以待，自从认识了大虫之后，我相信在大断谷周围出现多么可怕的生灵都不奇怪，我也相信不是每个生灵都能像大虫这样成为我的朋友。我从溪水中拾捡了几块趁手的石头放在手边，大虫显得更加烦躁，不时地跳来跳去，用身体撞向发出响声的墙壁发出响声，似乎想对来者施以警告。凿掘声越来越近，终于一天好像就凿在我的耳朵里一样，我把石头抓紧，对大虫说：

"我说上，你就咬断它的喉咙。"

大虫在地上摆出一个起跑的姿势，我想，搏命的时候，我能看见你的翅膀吗？这时候，墙上的石头和土开始掉下来，当年造井时候用的黏土和硬泥也掉下来，不一会露出一个洞，一个脑袋从洞中伸出来。大虫不等我的命令，向头颅扑去，就像扑向雪梨一样，那个头颅灵巧地一躲，洞中伸出一只手把大虫打得仰面飞出，然后整个人钻出来，我看见挂满了小石块和泥土的一双硕大的翅膀，大虫又跳起来朝来者扑去，我喊：

"别去，我认识这个东西。"

大虫在半空中一个急转弯撞在墙上。萧朗一边打落身上的泥土一边说：

"你说谁是东西呢，默？"

在狭小的井下，我和萧朗相向而立，鼻子几乎就要贴上，萧朗说：

"别问问题，先把雪梨放进洞里，这样能宽敞点，你的小朋友是晕了还是死了？"

大虫应声而起，落地一个趔趄，只好靠在井壁上喘气，眼睛盯着萧朗。把梨放进洞里之后，身体顿时舒展了。萧朗递给我一把钢钎，他自己手上还有一把，说：

"看我怎么挖。"

他在北侧的井壁上上下画了两个大圈，在西侧的井壁上画了一个小圈。他用钢钎沿着北侧上面那个圈的边缘插了一遍，找准一个最深的孔把钢钎再次用力插进去，使劲撬起，圈中便掉下一大块土，之后就集中在圈中猛挖，不多久就掏出了一个可容一人的小洞。然后他把钢钎递给我，我学着他的样子在北壁和西壁上掏出一大一小两个洞。萧朗把掘下的土一点点地冲入溪水中，眼见井下一点点地暗了下来，终于黑了，萧朗说：

"咱俩就睡在北壁这两个洞里吧，你的小朋友叫什么？"

我说：

"大虫。"

萧朗说：

"你起名字的本领真不怎么样，大虫你就睡在小洞里吧。"

说着拿起来一只雪梨扔进小洞里，大虫没有反应，仍然气鼓鼓地看着他。萧朗笑着说：

"你不愿意睡在墙里也可以，以后我和默干活的时候踩断你的脚，可不要说我没有提醒你。"

大虫还是不动，看来萧朗彻底把它得罪了，要不是碍于我的面子，它势必要奋不顾身地在萧朗的脖子上咬上一口。萧朗说完便把身子塞进北壁上面的洞里，他的大翅膀很碍事，可他控制得很好，翅膀紧紧贴着躯干，只像是穿了一件臃肿的上衣。我也学着他的样子钻进洞里，看着萧朗露出的一片头发，我忍不住问：

"萧朗……"

他发出如雷的鼾声，不论他的鼾声是真是假，意思都是明天再说吧。

第二天，我醒来的时候发现大虫睡在自己的小洞里，仰面朝天，十分舒服，萧朗已经拿着钢钎蹲在井中，原来我是被他吵醒的。萧朗看我醒过来，说：

"从今天起我们俩只有一个人能睡觉。你清醒一下，我给你讲一下事情的来龙去脉。"

我从洞里跳出来，说：

"你这么吵，我早就清醒了，只是想多躺一会，好久没有把腿伸直睡一觉了。说吧，你是谁？"

萧朗说：

"今天不耍贫嘴，说正事。上次见你的时候就知道你住在长城边上了，你的胳膊很粗，身体看起来很强壮，而且你很机灵，我想，要是你住在长城中间的井下就好了，准确地说，是住在从东向西第三百六十二个井，如果那样的话我们就是邻居，我住在第三百六十一个井，去年春季搬进来的。井是我选的，翘鬼里能选井的不多，但是你应该相信我能做到。"

我自然地嗯了一声。萧朗点点头继续讲：

"按照我原来的推算，第三百六十一个井是雪国离大断谷最近的井，而且南侧的石头是最易挖掘的。"

我说：

"你怎么推算出来的？"

他说：

"自从我搬到这边来，我就用力记住所有井的位置，七百二十五个井，我记了六十几天，然后凭记忆在墙上画了一张分布图，再把长城和大断谷沿着井的分布图画出来，自然就会发现哪个井离大断谷最近。你住在长城边上这么久，我想你没有发现，长城看起来牢固，可是其中一段已经有了些问题。"

我问：

"什么问题，长了青苔？"

他笑：

"你是我见过最乐观的翅鬼，不是青苔，是弩台，在三百五十井和三百七十井中间的这座弩台比其他的弩台低一点。我听见雪国兵之间的谈话，修长城的时候七十几个弩台是一样高的，当时还传为佳话，雪国人向来认为自己是能工巧匠。可是过了二十几年，其中一个弩台就低了下来，你说是怎么回事？"

我想了想说：

"应该是地基出了问题。"

他说：

"说得对，那就说明这个弩台底下的泥土是长城一线中最软的，所以我就选择了第三百六十一个井搬进来，这井按理说应该离断谷最近，上面又正对着弩台，南壁的石头最软。可是我在见到你之前，在我自己井下的南壁挖了四个月，进度很慢，我的计划在雪季结束之前不可能实现，到时候我们又要进行每年的轮井，那我所有的努力就都白费了，不知道哪年才能轮回长城边上的井，即使轮到是不是还能选井，即使能够选井，我的体力不知道还能不能支撑我挖下去。你知道，在雪国，没有一个翅鬼能活过三十岁，我现在二十五岁，身体处在最鼎盛的时候，过了今年，我就会像其他翅鬼一样迅速地衰老，所以这个长城下的雪季是我最后的机会。"

我不知不觉地沉浸在萧朗的描述里，他说的事情好像是上古的传说，不像是能够发生在我面前。而萧朗手中的钢钎和他叙述的语气证明这事情正在发生，并且似乎我也要参与其中。萧朗知道我在入神地听，讲得更加平静：

"那次修井的苦役我见到你之后，我确定你是一个可靠的帮手，所以……"

"所以你过来和我套近乎。"

我脱口而出。

萧朗说：

"对，但是和你聊完天之后，我确定你不但是个好帮手，而且是个好朋友，所以我宁愿花一蚕币让你吸一袋谷草。"

我说：

"呸，你还骗了我六蚕币给我起了个破名字，你赚了五蚕币。"

他说：

"我帮你刻在手臂上，这怎么说也值一蚕币。"

我说：

"你刻得乱七八糟，应该赔我一蚕币。先不讲这些，你拿着钢钎打飞我的朋友，跑到我的井里干什么？"

他说：

"我先得确定你是否可靠，我们刚刚相识，你就允许我给你起名字，并且把名字刻在你的手臂上，说明你不但相信我，而且心地淳朴。"

我哼了一声，心里很受用。

他继续讲：

"你告诉我你的溪水里时不时会有拳头大的黑色石头，那些石头是我从墙里挖出来的，你肯定在我的下

游，我挖出来的时候石头就有那么大小，那你应该离
我不远，否则按照这种石头的硬度，稍微跌宕久一点，
就会破损碎裂。于是，我就赌一把你是我的邻居，住
在第三百六十二个井下，如果我赌输了，钻出来见到
一个陌生的翅鬼，即使那个翅鬼不向雪国兵报告，我
也要用钢钎自杀。以我的性格，如果逃不出去，还是
趁早死掉算了。"

我说：

"我现在有两个问题，第一个问题，你的钢钎从哪
来的？"

他说：

"好问题，雪国兵的雪弩用的弩箭通体是纯钢锻造
的，我住在北海一边井下的时候，有一次服苦役，没
到休息的时候我故意向自己的井口跑过去，雪国兵当
然要射我，和我想的一样，他射中了我的腿，可我没
想到他射了两箭，都射在我的小腿上。中箭之后我顺
势掉进井里，雪国兵以为我死了，过了几天把别的翅
鬼调入我的井下，发现我还活着，就把我调到最苦的
长城这边来。趁出去干活的时候我偷偷捡回一些树枝
和藤条，把弩箭的箭身裹住，就成了两把钢钎。"

我说：

"你不怕他射死你？"

萧朗说：

"我相信如果他射向我的要害，我能够躲开。"

我说：

"翅鬼跑得再快也快不过弩箭，这就是为什么雪国人发明了弩箭。不管怎么说，你算是得手了。第二个问题，即使我们俩不停地挖啊挖，终于挖开了一个出口，这个出口也是在大断谷的半腰，你知道从来没有人进入过大断谷，里面也许全是些长着两个脑袋八只胳膊的谷妖。好吧，就算没有谷妖，你，怎么从大断谷里出去呢？"

他说：

"我可以飞。"

三

　　他把自己的翅膀一点点地在我面前展开，真是一双硕大无比的翅膀，比我原来想象的还要宽，在井中无法展开。我没办法相信一只翅鬼真的可以用翅膀飞翔，可是眼前的萧朗和他的翅膀让我对此事信了几分。我问：

　　"你……飞过吗？"

　　他说：

　　"没有，在外面干活的时候大多时候都带着链子，而且就算是没有链子，你觉得我一边干着苦活一边练习飞翔会有好下场吗？"

　　我一时语塞，自己确实问了一个愚蠢的问题。

　　他盯着自己的翅膀说：

"我相信我可以飞起来，它非常有劲，扇动的时候我能感觉到有种力量正在拖着我腾空而起，可是要想飞越大断谷，我需要时间练习。"

我终于明白了他此行的目的，说：

"你的意思是让我帮你在我的井里打通一个通向大断谷的洞口，然后帮着你练习飞翔，然后看着你飞走？"

萧朗说：

"也许我能够带着你一起飞，但我不确定。我们不知道大断谷到底有多宽，我如果学会了飞翔，也有可能累死在半路，就算飞过了大断谷，那边是个什么样的世界我们谁也不知道，而且我们现在连洞口都没有打穿，有可能我们根本来不及打出洞口就被调开。所以，你可能选择帮我或者不帮我，如果你觉得我一直在利用你，不愿意继续和我做朋友，我可以把赚你的五蚕币还给你，你的名字就算是我送的吧，至少我们聊得还算挺投机的。"

我看着萧朗托在手中的五枚蚕币，认出来确实是原来属于我的那五枚，那是我平生的积蓄，已经被我的皮肤磨得发亮，上面留着我的汗味。我知道，萧朗带我飞走的可能性微乎其微，我几乎和他一样强壮，他的翅膀即便再有力，带着两个萧朗的重量也不可能飞到多远的地方，而且从我到现在对萧朗的了解，他到时候也会说服我让他先飞走，如果他成功了的话，再回来把我接走，他不会为了我冒险，我在某种程度上是他的另一把钢钎而已，只不过我是负责把他拴住。

我伸出手把他的手推回去，说：

"名字已经在我胳膊上了，钱我不能拿回来，我一直想知道大断谷里的歌声到底是什么样的，到底是谁在唱歌，到时候，你飞你的，我听我的，干活吧。"

他笑了，笑容中有不出所料的意味，他把蚕币麻利地揣起来然后说：

"我白天挖，你晚上挖，晚上凉快点。"

大虫突然在旁边哼了一声，好像有话要说，它当然不能说话，可是它好像听懂了我们的交谈，毫不掩饰对萧朗的不满。我走过去拍拍它，说：

"从今往后，你负责把大块的石头咬碎，然后推进小溪里。"

它转头走掉，大虫一向讨厌我接触它的身体，到了晚上轮到我挖土的时候，才回来帮忙，它似乎真的能听懂我的话。

离春季轮井还有三个月，萧朗和我夜以继日地挖掘，南壁的石头比我们想象的还要松软，萧朗说，甚至比他原来的井下还要软。我是一个天生干活的料，雪季里从来没有什么事情能宣泄我的体力，这次这么大的工程让我完全陶醉在工作的辛劳里面，脑袋空空如也，反正成不成功都与我无关，他愿意飞就从洞口飞去吧，挖洞这个事我是不可能停下来的，之前干苦役的时候都是被雪弩指着，这次至少是为朋友干活。而且萧朗给了我选择的机会，我第一次自由地决定了自己的大事，心里升起一种做了自由人的错觉，这错觉很让人愉快，我愿意为之流汗。萧朗跳进我的井里，为了自己也帮了我。萧朗自然不知道我在这么枯燥的工作里品尝到了类似于自由的乐趣，他干得很辛苦，我发现他并不擅于机械地劳动，他会经常把自己弄得很烦躁，会骂些脏话，我发现他有的时候会习惯性地有偷懒的念头，把钢钎耍得呼呼作响，没有前进一分。他马上意识到自己的做法是愚蠢的，这条丑陋曲折的洞是他一辈子的梦想所向，他要把命都压在这条洞的顶上，偷懒相当于一点点地把自己杀死。而且每当他溜号的时候，大虫都会在旁边焦躁地把身体摔到墙上，发出响声想要把我从睡梦中弄醒，让我看看自己交了一个什么朋友，萧朗就把钢钎在大虫面前挥一挥，说：

"再胡闹把你穿在钎子上烤了吃。"

大虫不屑地把后腿弓起，看起来随时要和萧朗玉石俱焚，可它自从上次和萧朗交手吃过亏之后，再没有和萧朗有过肢体冲突，它知道自己讨不到便宜。萧朗说话假亦真来真亦假，一旦斗输了，被他烤着吃了死状着实太惨，而且，我看起来也不是萧朗的对手。

不过大部分时间萧朗和我一样试图榨干自己的每一分力气。一个月过去，挖掘的进度异常迅速，有的时候挖出的石头太多，弄得我和萧朗没有辗转腾挪之处，而这么多的石头没法一下子在溪水中冲走，如果太过心急，把溪水弄得太浑或者干脆把溪水堵塞，下游的翅鬼发现了有可能惊动雪国人，只能等着大虫用牙齿把石块弄碎。我和萧朗也曾试着用石块砸向石块，让大石块变成碎石，可试了几次之后我们俩都承认我们看似有力的双臂没法和大虫的牙齿相比，它能在转瞬之间飞快地把半人高的石块变成石粉，锋利的牙齿像是被炉火淬过的利剑。估计萧朗也在暗自庆幸，如果当初没有防备被大虫在脖子上咬上一口，那他这次不速之访除了给我扔下一具难以处理的尸体之外，带给不了我任何东西。随着挖掘的日渐深入，我和萧朗的挖掘技巧日益精进，钢钎就像长在我们手上，我们手上磨出的厚厚茧子像手套一样使我们把钢钎抓得更加牢固。我两本是臂力过人的翅鬼，又正值盛年，虽然越往大断谷靠近，石头颜色越深，也越是坚硬，可我们丝毫没有因为石头的变化影响我们的进度。挖掘过了两个月后，我和萧朗吃光了我这儿的雪梨，他便爬回自己的井下把他的雪梨搬过来，顺便又背过来一捆手指一般粗的麻绳，他说这是他帮着一些不识字的雪国兵写信，雪国兵赏给他的。

我问：

"我们翅鬼几乎都不识字，雪国人也只有望族才可进学堂读书认字，你怎么会认识字的？"

他一边把雪梨摆进洞口一边说：

"在十二岁之前，我和你一样，被生我们的雪国人豢养着，雪季的时候被牵着入井，春季的时候和牲口养在一起。但是我很早就学会了两件有用的本领，撒谎和偷东西，偷的东西很多，吃的，用的，玩的，后来我发现最有意思的东西是书，别的东西或吃或用或玩，一会就完事了，书能反复地看，有意思。"

我说：

"你偷的那些书后来都藏在哪了？"

他说：

"都被我吃了，留下太危险。"

我说：

"你吃的那些有意思的书，你能一边挖一边给我讲讲吗？或者，我挖的时候你讲你的书，你挖的时候我给你讲我遇见的好玩的事。"萧朗把钢钎丢在地上，说：

"默，干脆今天我们不挖了，讲故事吧。"我也把钢钎丢了，说：

"好，反正我也不会飞。"

他用溪水把脸和手洗干净，然后拿起一个雪梨坐在地上，咬了一口说：

"我看过一本书讲雪国人是从哪来的，你想听这段吗？"我说：

"就听这段吧。"

他把缺了一口的梨递给我说：

"书里说他们原本住在一个雪季很短、春季很长的地方，叫做云国，那没有井，只有一座一座房子，我们现在说的话、写的字都是他们从云国带过来的。"我咬了口梨问：

"那他们跑到这么冷的地方干吗？一年的大部分时候都得把自己关在井里。"他说：

"书上说他们是云国最勇敢的兵士，国君想要开疆拓土，想知道北海南面是不是有别的土地，就让他们作为先锋，坐上一艘他们国家最大的船，据说这艘船下水的时候，整个云国的男人都来帮忙。船上的兵士有三百人，每个人都由国君亲自挑选，并带上了一百个云国最美的女人，供他们消遣，他们发誓一定把好消息带回来。可是这艘船被推下水之后，就再没有能回来。因为驶入北海之后，冰山越来越多，为了躲避冰山，他们迷路了。可他们无不是开船的高手，一直化险为夷，当然书上还写了很多他们和各种各样水怪的搏斗，有时候还会遇到冰雹和风暴，这些东西如果我都讲给你，恐怕我们得耽误几天的进度。"我说：

"我也不想听，雪国人连下雪都害怕。"

他说：

"好。后来他们把船上的口粮吃得差不多，还吃了不少水怪，淡水也快没有了，这时候，他们看见了一块海岸，便想上岸找点吃的，结果船撞上了岸边的礁石，沉了，他们就哪也去不了了。就有了雪国。"

我把梨核递给他说：

"这故事真没意思，亏你还记了这么久。"

他看了看梨核，扔在洞里说：

"你没觉得这故事有什么问题吗？"

我说：

"我不识字，不知道书里写得怎么样，但是听你讲过之后觉得这故事唯一的问题就是没劲。"

他说：

"其实你刚才已经发现了问题，你说雪国人连下雪都怕，如果他们是云国最精良的士兵和最美丽的女人的后代，怎么可能会这么怕冷呢？他们可是从更北的北海一路拼过来的，如果像现在身体这么弱，应该早就冻死在海上了。"

我心里像是打开了一个大洞，对许多事情的笃信正从这个洞口向外流淌，我有些紧张地问：

"那你觉得雪国人是从哪来的？"他说：

"不只是雪国人，我觉得我们应该是从南面迁徙来的，那就只有两种可能，我们要么来自大断谷里面，要么来自大断谷南面的地方，如果大断谷南面确实有陆地的话。"

我说：

"所以你选择从谷底逃出去。"

他说：

"我只是觉得，如果有机会，我们应该试着回家，雪国人不知道自己的家在哪，很可能是他们故意忘记的，他们不想回去。如果真是这样的话，也许那是我们的家呢。"

我愣住，眼泪不争气地流下来，我都忘记了自己上次流泪是什么时候了，可能是被送到井下的第一个晚上吧。萧朗说：

"你这是干什么？害怕了？"

我说：

"为什么我不会飞？"

他抓住我的胳膊：

"默，如果我能飞回去，我一定来接你。"

我抹了把眼泪：

"妈的，你说的话和我想的一模一样，我干活了，你去睡会儿。"

又挖了十几天之后，我和萧朗觉得离大断谷已经很近了，因为在夜里挖掘的时候，谷中的歌声震得我们快要聋掉。从洞中回到井里之后，我们看着对方嘴唇一张一合，听不见任何声音，过了一会才慢慢恢复。偶尔在洞中爬过的小虫，我们之前都没有见过，因为这些虫子都有细小的翅膀，它们虽然不能够平地飞起，但它们可以在不远的高低两点之间滑翔。石头变得像铁铸的一样，多亏雪国人造的钢钎坚硬非常，这些雪国人铸造的手艺真是一流，两把钢钎挖了这么许久看不出一点秃钝的痕迹，萧朗说：

"这和雪国当地的铁质很有关系，雪国人热衷于制造各种铁器，包括各种各样能够短瞬之间置人于死地的兵刃。除了雪弩，我还见过形状奇怪的刀剑，可惜，他们假想的敌人谷妖从未来犯，他们的兵器库其实是兵器的祠堂而已。"

我不得不佩服萧朗的渊博，自从他上次给我讲完雪国人来历的故事之后，他就停不下来，在他干活的时候，也扯住我，让我做他的听众，听他讲述雪国各种有趣的掌故和他从小到大的各种见识，最有趣的是他的品评，把雪国人刺得体无完肤。在他的口中，雪国人就是胆小低智，靠编造谎话哄自己开心的矮子。

终于，一天夜里，我的脑袋正顶在萧朗的屁股上听他讲为什么翅鬼二十五岁之后会突然衰老，他的理由是我们的身体本不属于这寒冷的鬼地方。这时一声巨响，刺骨的风吹进来，萧朗的身子被吹得向后撞来，我把两脚蹬在两边，像我小时候沿着井向上爬一样，然后用头把萧朗的屁股向前顶回，萧朗说了句什么，我听不见，歌声就像潮水一样和风一起涌进来，我才发现萧朗的脑袋已经从洞口伸出去，我再用力顶他的屁股他就要掉落下去。他着急地向我摆手，我想他是想让我们先退出去，我想得没错，我们一点点地退到井里，等到耳朵恢复正常之后，我问：

"看见是什么东西在唱歌了吗？"

萧朗揉揉屁股说：

"你的脑袋差点要了我的命。一片漆黑，什么也看不见。"

他伸手拿起麻绳，捆在腰间，把其余的部分交在我手里，然后又钻进洞口，我小心地爬在他后面，他对我喊：

"到了出口，我向外跳的时候，你就把绳子抛出来，拽紧，你的腿能蹬住吗？"

我说：

"我带着铁钎呢，你先别急着跳，我先给我的脚挖两个可以蹬住的坑。"

他说：

"好，你蹬住了之后就拍我的屁股。"

我说：

"你把屁股准备好吧，走。"

不一会到了出口，风又把萧朗吹过来。我顶住他，然后用铁钎在脚边挖了两个浅坑，确定脚蹬的牢靠之后，把身体向后撤出，这时萧朗已经用双手扒住了出口的外沿，不需要我的脑袋了。等我把自己摆出了一个弓形，腿在两侧，身体后仰，手中牵着麻绳，我发现我的手已经不可能碰到萧朗的屁股，便抓起一块刚刚挖下来的石头，用力扔在萧朗的屁股上，萧朗毫不犹豫地纵身向外跃出，我迅速地把绳子放松，等绳圈露出尾巴，我再用力把绳子钳住。漆黑中我感觉到萧朗的重量完全吃在绳子上，绳子偶尔摇摆几下，重量没有减少的迹象。我一边把绳子绕在手腕上，一边努力向出口外面看去，摄人心魄的歌声就在耳边，可看不见是什么东西在唱歌。过了一会，我渐渐听出歌声应该是来自谷底，那片更加黑暗的区域。歌声从底下发出，然后盘旋而上，我不禁也唱起来，也当是为自己鼓劲，我感到自己的喉咙在震动，听不见自己发出的声音，我相信我唱得不错，因为没人从谷底下爬上来指责我唱得不对。这时候手上的绳子被猛地扯了一下，差点把我扯得滑出去，我心头一喜，也许萧朗已经开始飞了，可马上绳子被扯得更凶，我相信拉扯绳子的是一只焦急的手，便开始收起绳索，过了一会，我看见了萧朗的翅膀，他爬进来说：

"我的腰要断掉了，我们先回去。"

　　回到井里之后，我和萧朗都已经被汗水包住，萧朗马上瘫坐在地上，连睁眼睛的力气都没有了。峡谷的风沿着山洞吹进来，大虫兴奋地跳来跳去，不知是喜悦还是烦躁。我挣扎着站起，把萧朗抱到他的宿洞里，萧朗已经睡着了，大翅膀无力地摊在两边，我好不容易把他塞进去，也倒在地上睡了。

　　等我醒过来的时候，萧朗正在盯着大虫看，我问：

　　"昨天你飞起一点了吗？"

　　他说：

　　"一点也没有，我不知道怎么用力，翅膀根本不听我的使唤。"

　　我说：

　　"走吧，再练练。"

　　他说：

　　"先等等。默，你觉得大虫会飞吗？"

　　我说：

　　"我相信它的硬壳下有翅膀，因为我们挖洞时候看见的那些飞虫都和大虫长得很像。"

　　他说：

　　"我也这么觉得，我想让大虫做我的老师。"

　　我心头凉了半截，说：

"萧朗，不要告诉我你想把大虫从出口扔出去。"

萧朗说：

"不是扔出去，是放它出去玩，它肯定在井下待得很闷了，是不是，大虫？"

大虫冲着萧朗露出玉石俱焚的神情，我说：

"萧朗，别打大虫的主意了，我只说是它可能有翅膀，万一没有……"

萧朗说：

"好吧，我也是说说而已，再怎么说它是你的老朋友了。"

我怕他改主意，说：

"我们现在练吗？"

萧朗说：

"好，等我把衣服脱了，你把绳子拿过来。"

说着他把上衣脱下，翅鬼的衣服都是用最粗的麻布做的，又厚又糙又不透气。等我转身去拿绳子的时候，他突然用衣服把大虫罩住，夹在腋下，钻进洞口，等我反应过来他的腿已经没了进去。我赶紧也爬进山洞，伸出胳膊但是够不到他的脚了，大虫在他的腋下吱吱乱叫，一点动弹不得，我骂：

"萧朗，你敢把大虫扔出去我就把你推下去。"

萧朗一声不吭，像蛇一样爬得飞快，到了出口，他把衣服展开，大虫被顺势扔出洞口。正是白天，我从萧朗的肩膀上看见大虫惨叫着笔直地落下去，我喊：

"大虫，快飞！"

可大虫就这么落下去，没有动静了，我在后面拖住萧朗的脚踝，扑上去一口咬住他的小腿，我真想自己的牙齿和大虫一样锋利，撕下他一块肉来。

这时萧朗大叫了一声：

"哎呀，默，你快看。"

大虫竟然一点点地升起来了，伴着悦耳的嗡嗡声。它有四片翅膀，飞速地摆动着，让你觉得它有无数双翅膀，它的翅膀比它的身体还要宽一点，上面有彩色的斑点，扇动起来好像在身体画出两道彩虹。我松开了嘴，雪国已经没有飞禽，雪国人认为凡是有翅膀的东西都是妖孽，都要射死，飞禽渐渐全都灭绝。这是我第一次看见一个东西用翅膀让自己自在地飞行，萧朗也看得入神，忘了小腿流了不少的血。我忽然有些内疚，萧朗是对的，大虫果然能飞，飞得还不赖，我却咬了他一口。大虫潇洒地在峡谷里盘旋了两圈，落在萧朗的面前，冲着萧朗露出白森森的牙齿，然后慢慢地爬向井里。

萧朗并没有记我的仇，即使他的小腿上永远留下来两排牙印。他的心思全在飞翔上，他还需要我做他的锚。他从此虚心称大虫为老师，每次练习都要恭敬地说：

"老师，您小心了，弟子要把您扔出去。"

大虫似乎并不吃这套，飞得十分应付，仅限于保命，不一会就飞回洞里。萧朗对大虫的恃才傲物并不生气，一直以弟子自居，仔细观察大虫短暂的飞行，把一些动作用钢钎刻在石头上研究，我看他画得不错，寥寥数笔，十分传神，看来当年凭记忆画井和长城不是吹牛。大虫渐渐飞得认真起来，可能开始的几天大虫对飞翔也有些生疏，后来才渐渐地找到了窍门，有时候还故意在萧朗眼前卖弄几个身法，萧朗都会喝一声彩，说：

"真美，弟子拜服。"

这么过了十几天，即使在井下，也能感觉到天气转暖，春天就要来了。一些勤勉的雪国人应该已经从井里钻出来，舒展身体，去山上打猎，长城上的驻兵也应该陆续就位了。萧朗呢，四个字，进步神速，我看他飞得越发自如，有的时候竟能和大虫在半空中盘旋。又过了几天，他就忘了大虫曾经是他的老师，在空中把大虫戏耍得十分狼狈，大虫才发现自己上当了。

萧朗巨大的翅膀果然力大无比，有的时候他腾空而起，差点把我也扯上半空，但是我看出他的心意，不可能会带我飞走，对这事我也并不在意，反正从开始我也没什么奢望，只是陶醉于挖洞的喜悦，现在眼见要大功告成，倒有几分失落，不是因为不能像萧朗一样飞到遥远的地方去碰碰运气，而是因为就要失去一份能够打发掉所有时间的活计和一个从天而降的朋友，他又要回到天上去。但是时间仍然比我们想象的紧迫，萧朗虽然飞得日益娴熟，可还是不敢脱离绳索飞到太远的地方，我看出来他的心里对飞翔还十分陌生，在地上生活了二十几年，突然间要靠着双翅把自己带到想去的地方，而不是双脚，确实需要时间适应。可是马上就要轮井，地上的脚步声渐渐多起来，萧朗终于下定了决心，他不分昼夜地睡了两天，在一个晚上醒过来，往自己的衣服兜里塞了几只雪梨之后，对我说：

"默，就是今晚吧，再练也就是如此了。我一旦成了，马上回来找你。"

我摆摆手，说：

"你还需要绳子吗？"

他说：

"需要，等我觉得可以飞走了，就扯三下绳子，你松手就是了。"

大虫没有得到邀请，却也无趣地跟在我们俩后面。夜晚的歌声还是那么动人，萧朗熟练地拍打着翅膀从洞口飞出去，我轻轻地拽住绳子，我清楚我和绳子的存在更多是给萧朗的心中一点安稳，大虫也飞出去，嗡嗡然地飞在萧朗身旁，不知它是高兴还是悲伤。我在黑暗里感到绳子在向上翘起，萧朗就要飞走了，我伤心地唱起歌来，我想要把声音淹没在断谷底下传来的悠远的歌声里，等着萧朗扯三下绳子，就放我这个朋友，我唯一的朋友离去。这时我听见大虫发出了一种尖利的声音，这声音竟然能从山谷中排山倒海的声浪里突围传进我的耳朵，弄得我十分诧异，紧接着我手中的绳索突然下坠，差点把我拽出洞口，幸好我的双脚习惯性地踩在两侧的坑里。我奋力把绳子提上来，感到比之前萧朗的分量大得多，几乎是两个萧朗的分量，大虫翅膀胡乱地扑打着，率先飞回洞里。等我把萧朗拽上来，我惊得大喊一声，因为萧朗浑身是血，而且手里抱着一个人，这个人也长着一双巨大的翅膀。

这个人是一个女孩儿。

四

　　我先把自己的气息调匀，使我的手不再发抖，之后探了探萧朗的鼻息。他还活着。我把他拖到溪边，他的手死死抓住女孩儿的胳膊不放，我将他的手指掰开，用温润的溪水把他的血冲刷掉，他身上并没有明显的伤口，只是牙齿掉了两颗。我把他翻过来，发现他的翅膀断了，右侧的翅膀歪到一边，我用手试探着摸了摸翅膀里面的骨头，最大的那根断成了两截，左侧的翅膀看起来没有受伤，自然地垂在一边。我又把那个女孩儿拖过来，她十七八岁的样子，身体匀称，比我和萧朗的身体精致许多，她的脸庞有着清晰的轮廓，像被人用匕首雕过一样，下巴瘦削，鼻骨挺拔，眼窝不深，使得她的面部不那么突兀。她的眼睛始终没有睁开，胸脯一上一下起伏。虽然她有翅膀，可我不敢称呼她为翅鬼，她的样子不像是服过多年的苦役，而且她的衣服我从未见过，做工极其精美，上面绣着许多我从没见过的飞禽，一条像蛇一样的图案被绣在她上衣的正中，可是这蛇有四只翅膀和两只爪子。我仔细检查了她的伤势，她没有伤口，牙齿也完好无损，只是她的翅膀完全碎了，里面的骨头断成碎块，翅膀看起来像是两只装了碎石头的口袋。大虫看起来很喜欢她，在她的身上走来走去。井里挤了我们三个人几乎已经没有缝隙，我便把女人先搬到我的宿洞里，然后撕下一片衣服堵住萧朗的嘴，血一会就把这片衣服染红，不知道血要流到什么时候，我心里着急，这变故实在太快，本来以为从此之后井下就剩我一个人，没想到突然之间变成了三个，其中两个不知道什么时候才能醒过来。

渐渐井上的阳光有几缕漏进井底，萧朗醒了。他醒来之后把嘴里的衣服吐掉，干呕了几次说：

"我是死了吗？怎么嘴里一股怪味？"

我说：

"你还没死，那是我的衣服。"

萧朗说：

"原来我差点被你毒死。"

他爬到溪水边漱口，疼得把牙齿咬得咯咯作响说：

"看起来我的翅膀是断了，对吗？"

我说：

"右面的断了，左面的没事。刚才我特别怕你死了，那样的话我就不知道昨晚到底出了什么事。"

萧朗说：

"无论出了什么事，结果都是我的计划玩完了。"

他这句话的时候像在说别人的事情。

"我飞起来的时候感觉很好，这几天的休息很管用，我的翅膀更加有力，我尝试着飞向高处，也就是绳子的极限，发现很容易，我在这个高度上停留了一会，因为，说实话，我还是有点舍不得你。"

我不说话。

他继续说：

"我正准备向你发出信号的时候，一团东西突然砸向我，它非常快，峡谷里的歌声坏了事，我根本听不见有什么东西向我撞过来，等我发现的时候它已经碰到我的翅膀，我感到一阵剧痛，身子被撞得翻转过来，它身上的某个部分打到了我的嘴。不知道为什么，我似乎听见有个声音让我抓住它，否则它就要跌下谷底，我应该是抱住了它的腰。"

我说：

"你还抓住了它的胳膊。"

他说：

"对，我感到天旋地转，你再把我拉上来，进了洞口之后的事情，我不知道，该你讲给我了，你把它藏在哪了？"

我爬进了他的宿洞，然后指了指自己宿洞里的女孩儿，说：

"你自己拖出来看吧。"

他忍着疼把女孩儿拖出来，我看见他的眼睛比往常大了一倍，好像是他已经飞走了，看见了绿洲的眼神。他趴在她的胸口，然后说：

"她心跳得很均匀，应该不会有事。"

我说：

"你探一下鼻息就知道她没事，还非要趴在人家的胸口。"

他一时没有话讲。

我说：

"人是你带回来的，你想办法吧。我建议你把她扔回断谷里，让她死个痛快。她在黑暗里砸到你也许本来就是不想活下去了呢，只不过你俩都不走运，一个想死没有死成，一个想飞被砸了回来。要不然等到轮井之后别的翅鬼住进来，发生什么事情都有可能，你应该知道翅鬼都是什么样的人。"

他不说话，只是盯着女孩儿看。翅鬼的身体构造和雪国人基本相同，只是多了一对翅膀，可所有翅鬼终其一生没有生育的机会。这么一个女人从天而降，萧朗被迷住了并不意外，而且从外貌上说，他们两个有些相像，或者说比较般配，五官既不像雪国人也不像翅鬼。

萧朗看了一会，说：

"默，有两件事可以确定了。一，我的猜测是对的，大断谷下面或者对岸有另一个世界，在这个世界里我们翅鬼至少不是奴隶，当然我们应该也不叫翅鬼。二是，那个世界离我们并不远，至少我能飞到，只是有浓密的云雾挡着，我们看不见。"

说完因为翅膀的疼痛，他匍匐在地上，嘴里的血不再流了，原来最好的止血方法就是讲话。我循着萧朗的结论想了想，他应该是对的，这女孩儿不可能是从雪国这一侧掉下去的，因为她的样子和衣着说明她肯定来自于另一个地方，那只能来自对岸或者谷底，而且并不遥远，她这么一个女孩儿几乎不可能从遥不可及的地方飞来，所以如果她能从她的国土飞过来或者掉下来，那萧朗肯定也能飞过去。

我说：

"如果是我，我就不费心思乱猜，等她醒了问她就是。"

他看着女孩儿，好像在自言自语：

"她什么时候才能醒过来呢？"

钢钎和绳子派上了别的用场，我用绳子把钢钎固定在萧朗的断翅上，这样萧朗的翅膀长好之后就不会丑陋地歪在一边。几天过去，女孩儿一直没有醒过来，她只是均匀地呼吸着，眼睛没有睁开，我和萧朗轮流照顾她，喂她水喝，帮她把翅膀放好，她的翅膀是没希望恢复了。

萧朗表现得很平静，他并没有像他说的那样，以他的性格，逃不出去便要自杀，他丝毫没有杀死自己的意思，看来他的性格没他说的那样刚烈。他还是和之前一样向我讲述他所知道的事情，书上看的，还有他亲身遇见的，他也没有因为翅膀断了而对飞翔失去愿望，他说：

"学会了，就忘不掉。"

但是面对即将到来的轮井，他说他一点办法也想不出。只是每天打磨几块小石头，把石头的一边磨得锋利无比，我知道他想借此防身或者逼不得已做殊死一搏。他边磨边练习把石头掷出去，掷得呼呼有声，萧朗的臂力着实惊人，可每次掷出的石头并不是像他想象的那样锋利的一边先击中目标，而是各种境况都可能发生。萧朗花了几天时间研究手腕的力道和手指的形状，渐渐掷出的石头合他的心意了。

这一天女孩儿和往常一样均匀地呼吸着，萧朗小心地喂她水喝，她的眼睛慢慢地打开了，盯着萧朗，她的眼睛和我们的一模一样，可她的眼神里有一种坦然和自在，她问：

"现在是什么时候？"

萧朗说：

"晚上。"

她说：

"我问得真笨，火鸟在唱歌呢。"

她要站起来，萧朗按住她说：

"你的翅膀断了，不要乱动。"

她哎哟了一声，翅膀的断处弄疼了她，她说：

"我这么晚了还没回家，又把自己弄伤了，妈妈要骂死我了。"

萧朗说：

"你从哪来？告诉我，我送你回去。"

我哼了一声，心想这家伙说谎话比真话还要自然。女孩儿突然愣住了，重复道：

"我从哪来？我从哪来？"

我和萧朗都有点糊涂，不知道她是怎么了。她忽然哭起来，哭声把大虫吓得打开了翅膀，大虫下意识地扇动了几下，发现并没什么威胁到它的事情发生，便讪讪地把翅膀收了起来。女孩儿的泪水像泉水一样从她的眼睛里涌出来，她喊：

"我不记得我从哪来了！"

萧朗说：

"别着急，你想一想，你的妈妈是什么样子？"

女孩儿说：

"妈妈就是妈妈，我记不得她的样子了，我也记不得她的名字了。"

萧朗问：

"那火鸟呢？刚才你说火鸟在唱歌。"

她说：

"火鸟就是火鸟，我从崖上下来的时候，就是要找火鸟玩的。"

她停下来想了一想，鼻子一下一下地抽动，说：

"我只记得，我从崖上飞下来，找火鸟玩，脑袋里想着妈妈的话：早些回家。然后就和一个东西撞在一起，睁开眼睛就是现在。我只记得这些。"

萧朗说：

"那你叫什么名字呢？"

女孩儿说：

"我记不得了，我连自己的名字都记不得。"

女孩儿的声音说明她现在怕极了。萧朗把抱着女孩儿手紧了紧说：

"我送你一个名字，你就叫小米吧。"

女孩儿擦了一把眼泪，笑了，说：

"这名字还挺好听的，你怎么想出来的？"

他说：

"你迷路了，叫小迷不好听，所以给你起作小米，什么时候你找到家了，这个名字就不用了。"

她说：

"你叫什么名字，你的模样不赖，但你怎么这么脏？"

他说：

"我叫萧朗。"

他回头指了指我容身的洞口，说：

"他叫默。"

小米吓了一跳，没想到墙里面竟藏着一个人。

我说：

"我的名字也是他起的，骗走了我全部积蓄，你真走运。"

萧朗打断我说：

"过去的事你如果全不记得了，没关系，从现在开始发生的事情你不要忘了。"

小米说：

"你叫萧朗，他叫默，你曾经骗过他。"

萧朗笑了，他这时候的笑容很少见。他问：

"你确定你是从崖上下来玩的，对吗？"

她说：

"对，我当时脑袋想的就是好好玩和妈妈的话，所以现在记得了。"

他继续说：

"那你应该平常是和你妈妈生活在一起，对吗？"

她想了想说：

"我担心玩得太晚，被妈妈骂，那你应该说得没错。"

萧朗回头对我说：

"默，她能和妈妈生活在一起，还能跑出来玩，那我们翅鬼在崖那边至少是正常人。"

我说：

"没错，虽然我们知道了这些对于我们来说没什么好处。"

萧朗说：

"知道得多永远比知道得少有好处。小米，你现在所在的地方叫雪国，我和默都是翅鬼，因为长有翅膀，所以是雪国人的奴隶。这座井呢，是默的家，我想从他这儿逃跑，结果被你砸中，翅膀也断了，逃不出。现在，我们随时都有可能被雪国人提出去，拆散，所以，我们，当然也包括你，很危险。"

小米说：

"嗯，我有点糊涂。你的意思是，我害了你，是吗？"

他说：

"不是，本来我飞得也很吃力，正在犹豫是不是要飞走。"

小米说：

"那就好了，反正你的翅膀断了，我的翅膀也断了，我们扯平了。"

他说：

"你说得对，我们俩谁也不欠谁的。"

小米说：

"那，萧朗，我们现在该怎么办呢？"

"如果我们硬来，上去以后，和雪国人拼命，然后想办法藏起来，再逃到你家那边去，这样几乎等于自杀，我们谁也活不了，结局就是身上插满了弩箭，被扔进冰海喂鱼。所以我们只有一个办法，等到轮井的时候，你藏起来，我和默上去之后，再想办法回来接你，这儿的雪梨还能够你吃二十几天。在你吃光这些雪梨之前，我肯定会回来。"

我瞪着萧朗看，这是我听过的最令人气愤的大话。

小米竟兴高采烈地说：

"好，我相信你。我等你来接我吧。"

她试着从萧朗怀里站起来，翅膀的疼痛让她不停地发出悦耳的哎哟声，大虫爬过来，把自己的甲壳贴在小米的小腿上，奇怪的是，小米一点不怕它，还笑着问：

"你叫什么名字呢，你的名字也是萧朗起的吗？"

大虫蹭得越发殷勤，被萧朗一掌打到墙上，他拿起一个雪梨递给小米说：

"饿坏了吧。"

小米接过来，却没有吃，说：

"这东西看着好眼熟，可是我想不起来在哪见过了。"

之后的几天，萧朗有些奇怪，一会儿口若悬河，一会儿沉默寡言。每当他讲起离奇的故事，小米便安静地听，不像我喜欢问各种各样的问题，她只是安静地听着，偶尔笑一笑，说："然后呢？"萧朗便住了嘴，忘了之后该讲些什么，陷入沉默。每当这个时候，井里就静下来，好像有什么东西飘荡在井里，也许是一种温暖吧。我第一次感觉到萧朗的身上散发出一种气息，好像要下决心去温暖什么。小米就像是一块水晶，傻乎乎的，几乎已经把所有事情都忘掉，可她又看起来那么坦然，似乎这样的际遇并没有困扰她，她在这狭小的井下，看起来竟然也是自由自在的。她会帮我们收拾井下乱七八糟的雪梨，虽然她一个也不吃，她还会在我和萧朗解手的时候，把脸转过去，然后突然转回来，大喊：看到了看到了！弄得我和萧朗有几次把尿水弄到了脚上，后来我们只好爬到萧朗的井下去解手，有几次干脆边爬边尿在了洞里，然后再爬回来。我们不知道该如何对付这个从天而降的女孩儿，在她的面前，我觉得自己很脏，不是因为衣服好久没洗了，而是觉得自己的脑海中有好多的杂质，也许终此一生也拿不出去了。

最重要的是，我渐渐感觉到井下飘荡着一种情愫，而这种情愫和我无关，或者说，我虽然救了他们俩的命，可我是一个多余的人。

可是这样尴尬而美好的日子很快就过去了。

轮井来了。

通常的轮井是有士兵把井盖掀开，然后把为翅鬼特制的手锁扔下来，翅鬼自己把双手锁住，士兵便再将一支很长的钩杆顺进井底，翅鬼把双手之间的锁链挂在钩子上，几个士兵就把翅鬼提上来了，然后再扣上脚锁。这次轮井不同以往，上面的人群格外嘈杂，井盖掀开之后扔进来一个大网，士兵在上面大喊：

"钻进去！"

萧朗听见上面有响动就已经招呼小米钻进洞里，小米像做游戏一样，眨着大眼睛。

萧朗看见大网扔下来，对我低声说：

"小米你不要管，我想办法，无论你轮到哪里去，告诉看守你的雪国兵，你叫默，我会去找你。"

我点点头，他扭头朝他自己的井爬回去。我赶紧钻进网里，上面几只钩杆顺下来，有一只钩子差点钩进我的嘴里，幸好我躲得快。大虫不明就里，不知道我要到何处去，便想打开翅膀和我一起升上去，我冲它摆手，小声说：

"大虫，你留下照顾小米。"

它便落下不动，盯着我升起，忽然发出一声刺耳的叫，然后隐入溪水里了。我来不及悲伤，太阳就迎面而来，我赶紧闭上眼，黑暗中我被人提着向一个地方走去，我渐渐把眼睛睁开，春季的太阳真让人舒服，可是我的朋友们都已经不在了。地上的雪已经融化了不少，很多雪已经变成了淤泥。拎着我的是三个雪国兵，全都穿着厚厚的盔甲，腰间挂着雪弩，臂上缠着黑纱。以往的轮井从来没有这种阵势，雪国兵都是嘻嘻哈哈，他们刚从井下出来，心情正好，翅鬼们在井下憋得难受，出来见到春日的阳光和黄绿的草木也都感到特别的惬意，所以每次轮井都是雪国人和翅鬼们关系最融洽的时候，有些雪国兵甚至有一句没一句地和翅鬼开着玩笑，翅鬼们则都瞪着眼睛四处看，把鼻子竖起来使劲呼吸，春天对于我们来说太珍贵了，就这么一小会儿当然要多看多闻。可这次雪国兵都是一言不发，臂上的黑纱是怎么回事？有大人物死掉了吗？我不敢张嘴问，看雪国兵的样子，你就算投去一个不安分的眼神也可能把你射死，我便沉默着待在网里，随他们拎着我疾走，反正我也乐得不用走路，无论去哪，随他们去吧。

走了许久，到了一片荒地，满眼都是木车，望去能有几百个，还有许多的翅鬼，都被装在网里提过来。这时忽然有雪国兵过来打开网子，用黑布把我的眼睛蒙上，又把我装回网里。我感到他们把我扔在车上，过了一会车子走起来，颠得我四处乱滚，我以为自己随时都可能跌下车去，可每当我觉得身体悬空的时候，都有人推我一把，有时候我也会撞上另一个身体，看来车上不只我一个翅鬼。这是要去哪呢？这次轮井怎么搞得这么麻烦，莫不成刑条有变，要将我们翅鬼斩草除根？越看越觉得像了几分，不禁心底冒起凉气。可像这样被网着又被蒙着眼睛，连殊死一搏的机会也没有，只能听天由命。翅鬼从出生，命便不在自己手里，临到要死，也是一样。有的翅鬼吓得大喊，好像就在离我不远的车上，我听见他马上被打得出不了声，我心想：死就死了吧，喊也是死，还多了一顿打。不知道萧朗在哪？他若也在车上，那小米岂不是要被饿死了？

也不知过了多久，我饿得头昏眼花，感到又被从车上提起，走了起来，过了一阵，忽然被扔在地上，摔得我大叫一声。我伸手一摸，是石头地面，不像是在海边。这时候有人过来把我眼前的黑布拿掉，我发现我到了一座大殿里，和我一起的是上千的翅鬼，都被陆续地扔在地上。

这真是一座雄伟的大殿，无论萧朗怎么瞧不起雪国人，雪国人盖房子的能耐确实让人惊叹，整座宫殿是用黑色的石头砌成，每块石头都被切割得十分精细，让人觉得这座宫殿好像是用一整块巨石雕成的，几根巨大的圆柱环绕在大殿的四周，露出中间一大片圆形的空地。翅鬼们被装在网里堆在空地上，四面是穿着盔甲的雪国兵，手中端着雪弩，胳膊上和脑袋上缠着黑纱，大殿里很安静，似乎在进行着什么仪式。我抬头看往大殿的前面，看见一幅画被悬挂在大殿的正中，画的是一个老人穿着漂亮的长袍坐在一把华美的椅子上，面容威严，仪表不凡。这幅画的底下放着一条几案，上面摆着香炉和贡品，几案中间的金盘里放着一本书。周围的几个翅鬼都和我年龄相仿，委顿于地，默不作声，我便也一声不吭。我心想：要死也不能先于他人而死，无论如何也要拖在最后。边想边四处看去，才发现这成千的翅鬼似乎都已成年，便又乱想萧朗是不是也在殿内，如果他也在的话，不知道他能不能看见我，能不能像大雪中修井那次，想办法过来和我套近乎，想来想去，想得心下难过。

这时候一个矮小的雪国人走到殿前的几案前面，这人的脸面看起来应该是四十岁左右的年纪，可是头发全白了，又弓着腰，一筹莫展的样子，从袖子里拿出一卷纸慢慢打开，大声读了起来。这人虽然长了一副弱不禁风的模样，嗓子却是格外的嘹亮，一字一句震得大殿里四壁回响。读到中间突然哭了起来，被旁边几个书生样子的雪国人扶住劝慰了一会，才又接着读下去，可惜他读的东西都是之乎者也一路，我一句也听不懂，只是看着这么大的一个人，估计官位也不低，哭得那么难看，觉得有趣。他把纸读完，又卷了起来放在袖子里，然后站在一旁，这时从侧面走上来一个年轻人，这人往上一走，许多躺在网里的翅鬼都坐了起来，因为这人的外貌实在俊朗，而且身材高大健美，根本不像是一个雪国人，倒像是一个没有翅膀的翅鬼。他一身白衣，头上系着白纱，上面写着字，看起来不像是来自人间，像是一个哪里来的神灵。他轻轻地咳嗽了一下，说：

"各位，我叫婴野，曾经是太子，现在是国君。"

底下一阵响动，手拿弩的雪国兵齐声喝道：

"莫动！"

婴野冲着雪国兵摆了摆手：

"谁给你们的命令让你们讲话？"

雪国兵马上齐齐跪倒：

"陛下饶命。"

婴野说：

"起来吧，朕的话没有说在前面是朕的不对，而且以后不要动不动就跪下，你们的膝盖是用来奔跑杀敌的，不是用来磕头的。"

婴野接着讲道：

"七日之前夜里，朕的父王霁被刺客刺死在榻上。"

说着一个侍从端上来一个金色的盘子，婴野从盘子里拿出一把十分短小的匕首，这把匕首的刃只有一根手指那么长，婴野把匕首的柄轻轻一按，匕首突然长出一段，长出的一段竟然带着一个锋利的暗钩。婴野把匕首倒转过来，说：

"这把匕首的柄上刻着一只双翅的飞鸟，我们雪国人不可能造出这么阴毒的兵刃，更不可能把带翅的污物刺在兵刃上。"

底下又一阵响动，有翅鬼小声说：

"谷妖！"

婴野说：

"说得对！是谷妖。是夜，父王的护卫看见一个带翅的人影飞入父王的寝宫，可等他们冲进房内已经迟了，父王的胸口多了这把匕首。之后刺客破窗而出，向断谷方向飞去，护卫便放出响箭，告诉长城守卫有敌来犯，正向断谷逃去。之后长城守卫来报，刺客的身法实在太快，转瞬间隐入云雾。只能向谷中乱射无数弩箭和用投石机投掷石块，不知是否打中刺客……"

后面的话我渐渐恍惚了，声音入耳，不知说的是什么意思，只见婴野的嘴动来动去。我想起小米的样子，瘦小的身子，无知的眼睛，清脆的哭声，难道这么巧吗？一个刺客落入断谷，小米也恰巧在那天跌入谷里，醒来什么也不记得，翅膀粉碎，两人相撞，萧朗的翅膀断了一只，她的翅膀全都断了……我长了这么大，一直不知女人为何物，只知道女翅鬼身体小一些，力气小一些，活得长一些。小米真奇怪，看着你的眼睛和你讲话，像催眠一样你便都信了，不知道萧朗当时信了几分？他那么聪明，是不是和我一样信了十分呢？他看着小米的样子好像小米说他是个虫子他也会信的，然后在地上爬几圈给她看。也许只有我是个傻瓜吧，萧朗和小米都在骗我，我还是不敢相信小米是刺客，我觉得，也许是巧合吧，果真有两个带翅的东西同一天跌入谷里，一个是小米，迷路的女孩儿，被萧朗救下，一个是刺客，已经不知所踪，可能已经被断谷里的谷妖吃掉。不知道萧朗在不在大殿里，该死，如果他在我身边多好，他肯定有主意。

这时听见婴野提高声音说：

"各位，父王在位的时候，免你们死罪，改为井役，他曾对我讲过，翅鬼承天赐之体，本身并无罪过，虽为异类，可为我所用。朕谨记父王的教诲，可父王登基时毕竟年事已高，有承袭先王陋习之嫌。朕以为成年翅鬼无一不是勇力过人，做这些劳人的苦役是屈了你们的才了。"

底下翅鬼无不把脖子竖起，我也有些诧异，一是称呼翅鬼为各位实是闻所未闻，更何况出自雪国国君之口，二是这个年轻人刚刚登基便开口否定其父皇的行事，实是狂妄得可以。婴野冲下面摆了摆手，几个壮硕的雪国兵抬上来一副银色的铠甲，这副铠甲造得十分庞大，可又十分机巧，仔细看臂肘，手腕，膝盖，脚踝之处，都是用精细的碎钢锻造，铠甲被抬起的时候，这些部位自然地摆动着，没有滞涩之感，连手指都用白钢包住，从来没见到雪国人的铠甲带有白钢的手指。这副甲的头盔更是特别，似乎是用一块整钢雕成，只露出一双鼻孔和一双眼睛，头盔的下面有一个机关和上身的盔甲相连，护住脖颈。胸口上写着一个大字，我不认得。铠甲的腰际用锦缎包着一块方形的物件，好像是一块石头。婴野指着这副铠甲说：

"这是朕亲手铸造的一副铠甲，大小按照你们翅鬼的身材设计，从今天起，你们不再叫翅鬼，朕赐给你们一个新的名字，叫做……翼灵，你们也不再是奴隶，从今天起，你们是军人，朕赐给你们名字，朕还赐给你们自由，所以你们无论什么时候只效忠于朕，你们就叫做翼灵军。"

底下一片安静，翅鬼们被突如其来的变化惊得呆了。婴野对雪国兵说：

"除去他们身上的网。"

不一会儿翅鬼就都站在空地上，扭动着筋骨。婴野用匕首的暗钩敲着铠甲的胸口问：

"谁知道这是什么字？"

底下一阵骚动，没人回答。我心想，萧朗应该认得啊，莫非他不在这里？我正在胡想，听见婴野说：

"不怪你们不认得，奴隶怎么会识字呢？这个字念做'将'。"

他接着说：

"断谷来的谷妖杀了朕的父王，逃入谷底，朕要你们翼灵军做我的急先锋，去谷底把刺客给朕抓回来，若是有谷妖挡路，通通杀掉，谁带着刺客或者刺客的首级和翅膀回来，朕封他为翼灵王。"

翅鬼们似乎开始相信了眼前发生的一切，有些翅鬼把效忠的目光投向婴野。他说：

"不过，一个军队不能没有统领，朕现在要从你们当中选出一位翼灵，穿上这副铠甲，我拜他为大将军，赏八百蛾，授将军印。"

这时候，大殿里已经有些暗了，婴野挥手示意侍从掌灯，这时我才发现一盏巨大无比的吊灯悬挂在屋顶。一个雪国人手拿蜡烛，攀着梯子上去把灯点亮，大殿顿时四处通明，婴野说：

"你们在井下待了这么久，除了雪梨想必也就是吃些蚜虫。"

说着有侍从搬来许多长条的桌案，摆在翅鬼面前，接着又摆上一些水果，婴野说：

"各位先吃一些果蔬。"

　　婴野的话开始产生了一种让你不得不遵从的力量，我马上拿起一个果子，一口咬下去，汁液流入咽喉，沁人心脾，虽然不知道吃的是什么东西，比半烂的雪梨可好吃太多了。然后开始陆续端上酒菜，我认出有些是鹿肉，其他的肉都认不得，认不认得不要紧，只是往嘴里塞，有些翅鬼吃得呕吐不止，婴野也并不发怒，只是命令士兵把污物打扫干净。吃了许久，酒菜也上了几番，终于所有翅鬼都吃不下了，一些翅鬼已经瘫坐在地上，眼睛突出，吃下的酒肉从嘴里涌出来。我也饱得可以，觉得挪步都费力，心想，如果此时要杀我们翅鬼，我们一个也跑不动。有人跑上来把桌案撤去，地上食物的残渣扫净，又用大块的麻布把黑色的地砖擦亮。这时候我发现婴野已经坐下，眼睛像刀子一样扫向全殿，那个白发人走到殿前，向殿上悬挂的画拜了三拜，回身朗声说：

　　"翼灵们听好，退后十步。"

　　翅鬼们轰隆隆地向后退去，露出一个半圆的空地。

　　白发人说：

　　"在下巫齿，蒙陛下圣恩，忝列国师。现在我来主持这次选将。谁觉得自己可做大将军，为陛下统帅翼灵军奋勇杀敌，都可到这空地上较量，规则是有的，就是一个打一个，生死有命，胜者留下，直到有一人立于不败，即是大将军了。"

巫齿讲话的时候，雪国兵走到翅鬼间，给每个翅鬼戴上面具，面具上是一张雪国兵的脸，咧嘴笑着。正诧异，我也被套上面具，带子从后面粗暴地收紧，我的后脑顿时麻了，放眼望去，黑压压一片翅鬼戴着雪国人的笑脸，互相注目，不知所以，实在怪异得很，好像我们突然变成了雪国人的小丑。巫齿又说：

"给你们戴上面具是怕你们之中有些人相识，下手就有些含糊了，这次陛下要选出真正的俊杰，所以委屈你们如此，别无他意。擅自摘下面具者，裂。现在比试开始，想为陛下杀敌立功的，尽管上来。"

巫齿把话说完，朝婴野躬身施礼，然后站在婴野身边。

大殿里静悄悄，好像空无一人一样，我一动不敢动，怕被误会是要争什么大将军，被拉上去比试。我知道自己在翅鬼中算是健壮，可做了这么久奴隶，突然让我去冲锋陷阵，原来的手艺全没了用处，而我又没学过杀人的手艺，我很可能会瘫在当场，任人宰割，更不要说上前去争大将军了。一想起谷妖，我又是一头雾水，不知道该从何想起，这时候一个翅鬼跳上前去，朝婴野跪倒：

"小人愿为陛下赴汤蹈火。"

婴野朝他点点头，这人便站了起来，面向翅鬼们。我的位置离空地很近，看得清楚，他的面具微微地抖着。他刚刚站下，另一个翅鬼也跳上去，学着他的样子朝拜婴野，说：

"小人愿为陛下肝脑涂地。"

起身时突然朝站着的翅鬼扑去，第一个上场的翅鬼没有防备，被扑在身下，偷袭的翅鬼用双手钳住他的脖子，手上的骨头隆起，看样子是使足了全身的力气，口里叫着：

"服输了吗？"

被按在地上的翅鬼眼睛都要跳出来，脚奋力踢向对方的后背，可对方把整个身子压在他的身上，脚踢了几下便抬不起来了。他的眼神里是饶命两个字，可对方死死地扣在他的喉咙，他一个字也说不出，对方不停地问：

"服输了吗？"

我吓得裆下一片湿凉，从来没见过翅鬼对翅鬼如此狠毒，非要置对方于死地不可，我想喊一声饶他一命，可又怕惹祸上身，那时候谁又能帮我喊"饶他一命"？便把饶字往后全都咽了，眼看着被掐住脖子的翅鬼渐渐不动了，另一个翅鬼尚不甘休，又把死尸掐了半晌，才松手站起。死尸戴着笑脸被拖走了，婴野抬手轻轻地鼓起掌说：

"出其不意掩其不备，很好，一旦出手即置敌于死地，很好。若没人上来挑战，这位翼灵就是大将军了……"

可惜这位翅鬼和大将军离得尚远，因为婴野的话音刚落，便有一个和我一样健壮的翅鬼上去挑战，不多久便把前者的脑袋撞在石地上，撞了十几下，脑浆溅得乱七八糟，他自己说得倒准，果然落了个肝脑涂地。这个胜出的翅鬼很是硬朗，连杀两个翅鬼之后，才被一个小个儿的翅鬼扭断了右臂，他立时跪下认输，算是留下一命。翅鬼中极少有人通拳脚，做工时有时翅鬼之间起了争执动手，无非是力大或者搏命的一方胜出，所以翅鬼之间多蛮斗厮打，从没见过有平稳的拳脚来回。之前的那个壮汉连毙几个翅鬼之后，气焰很盛，野兽一般呼呼地喘气，看他的眼睛，应该是脑袋里已经充了血，想的只是再杀一个。而上去挑战的翅鬼比他小了足有一圈，属于翅鬼中身材相当矮小的，他上场之后壮汉马上向他扑来，他并不慌乱，把壮汉的前臂向旁边轻轻一拎，壮汉便蹭蹭地向斜刺里冲去，他的手顺势从壮汉的前臂滑向手腕，借着他前冲的力道把他的胳膊扭向背后。看来这个小个儿是要存心立威，他本已经将壮汉制住，又将壮汉的胳膊向上硬推，另一只手在壮汉的肩膀猛力一按，这人的左胳膊便从肩膀上落了下来，耷拉在身侧抬不起来，壮汉倒是机灵得很，马上跪下说：

"朋友饶命。"

小个儿点点头，走过去把壮汉的胳膊提起，突然用力一推，这人的胳膊便又和他在一块了，只不过肩膀处肿起了一个大包。这两下功夫着实惊着了翅鬼们，底下一片惊呼。雪国人虽矮小，大多数通拳脚也擅使兵刃，可翅鬼中有这等身手的实在少见，这人举手投足举重若轻的模样，看来这手功夫对他来说只是一点小把戏。

殿里的灯火似乎更亮了一些，小个儿站在空地的中间显得一点不小，走上去时还像个奴隶一样弓腰驼背，这时腰身舒展开了，倒有几分宗师的气度。我心想，翅鬼里还真是藏着高人啊，除了萧朗那种鬼点子一大把的，还有这种功夫高手，要不是弄这个选将，谁能知道平时一言不发的翅鬼里竟然有这等人物。不禁觉得婴野真是翅鬼的恩人，让这些翅鬼觉着自己是人，不是鬼，除了干苦役和吃烂梨，还能做些有用的事。这人站了半天，才有个翅鬼上前挑战，被他只一招便打出圈子，之后陆续有几个翅鬼下场，竟然都会几下拳脚，小个儿便也展开本事见招拆招，还是不败。看见翅鬼之间上下腾挪地斗得花巧，才知道自己这么多年一直是个瞎子，原来身边有如此多的同类都不简单，我还以为翅鬼都和我一样混吃等死。

　　越斗越是精彩，到后来竟见小个儿和另一个翅鬼绕着柱子缠斗，两人斗着斗着上了柱子的半截，一手攀着柱身，一手袭向对方要害，对方眼见支撑不住，便从柱子上飘落，这一飘底下齐声喊了一声，因为翅鬼的翅膀派上了用场，在空中奋力地摆动，这翅鬼便在空中滑翔。我顿时想起挖洞时见到的有着小翅膀的小虫，也是这般滑得又美又轻，接着我想起来了大虫，不知道它现在是和小米在一块还是已经飞到了属于它的地方，可能这个地方我无法去到，它也肯定不知道我眼看着就要被拉去充军。要是能和它一起，充军倒似可忍受了一些，大虫能飞又有利齿，应该不需要我担心吧。这些念头在脑中一闪而过，便看见小个儿也从柱子上飘下，竟也能滑翔，滑得更快更稳，对方还没落地就被小个儿赶上，一掌劈在翅膀上，这人痛得大叫一声，从半空中栽下，小个儿早料到如此，抢先一步落地，飞起一脚把对方踹向婴野端坐的方向，翅鬼们齐声惊呼，只见那翅鬼把婴野的椅子撞得粉碎，而这时我才发现婴野不知道什么时候已经走了。小个儿马上欺近，把对手扶起，虽然摔得不轻，可那翅鬼并没受什么重伤，他将小个儿的手一推，说：

"谁要你手下留情，妈的，你真是好本领，这大将军就给了你吧。"

听声音一点不像刚才身法那样轻盈，好像是一个憨直的莽汉，面具上笑脸的嘴角似乎都撇在一边，还长出了几根凶巴巴的胡子。小个儿把莽汉的手抓住，另一只手轻轻在其腋下一拖，莽汉便轻盈地跳起，小个儿略一抱拳，扭头回到场地中央。莽汉一边走下去一边喊道：

"谁让你帮我起来？我自己没有脚吗？"

本来很多人并没看清是怎么回事，他这一喊便有人小声地笑出来。小个儿稳稳当当地站在场地中间，等了好一阵。我想萧朗果然鬼机灵，他虽然身材魁梧，可再魁梧也抵不过这拳脚上有功夫，而且他的翅膀还是断的，他更擅长动脑筋，这个大将军他还是不当为好。这时巫齿走到场下，朗声说："还有人挑战吗？若是没有……"

"谁说没有？"

这时，从人群里走出一个翅鬼，虽然戴着面具，我一看翅膀一听声音便知是萧朗这个家伙。我的心怦怦乱跳，萧朗果然在，这么久默不作声，原来想一直等到最后。可这个小个儿俨然是殿内第一高手了，估计在雪国内也找不到什么对手，萧朗不会是被小米把脑筋砸出了毛病，或者挖洞挖得久了，以为自己力大无边了。小个儿看有人下场，便准备应战。萧朗却不理他，他向巫齿抱拳说：

"国师大人，小人有一事相询。"

巫齿说：

"问吧。"

萧朗说：

"这个矮子已经技冠全场，若是小人把这个矮子打败了，小人便是大将军了，不知小人想得对吗？"

巫齿一愣说：

"没错，该当如此。"

萧朗跪下：

"叩谢国师。"

倒像是自己已经赢了一般。然后萧朗站起对翅鬼们说：

"各位同仁，若是在下赢了这个矮子，你们是不是就拥我为大将军？"

我想让萧朗知道我的位置，便叫道：

"这个自然。"

萧朗扫了我这边一眼，不知道看没看见，翅鬼们乱七八糟地叫道：

"这人如此厉害，你赢了他当然拥你。"

也有人叫道：

"你若是被人打死了我们只能拥那个活的。"

哄笑声四起。

萧朗冲翅鬼们鞠了一躬，说：

"那是当然，各位放心，我一定手下留情，这矮子身手还算不错，死了可惜。"

萧朗转来转去，把后心全露给小个儿，还一口一个矮子，似乎胸有成竹，不怕偷袭。我对萧朗的心意似乎知了一二，小个儿已经连挫数位好手，又颇有风范，无论如何不能像最早下场的几个泼汉背后偷袭，可这招又着实大胆，有大将军的铠甲摆在面前，谁知人的心思会有什么变化？小个儿毕竟没有出手，等萧朗说完，小个儿说：

"朋友，你饶我不死，我心领了，你若是栽了，我可说不准饶你还是不饶，来吧。"

听这话，小个儿已经动了真气，话里有股子狠劲儿。萧朗说：

"矮子，你已经打了这么久，我就这么平招打败你有些乘人之危。"

小个儿确实显出有些累了，毕竟上一个对手实力不弱。萧朗高大威猛又如此自信满满，他可能心下也有些忌惮，听萧朗一说便问道：

"那你说怎么打？"

萧朗说：

"我听说先人有凌空拆招之说，想必你也知道。"

小个儿说：

"当然，所谓凌空拆招就是两人面对面站开几步，隔空比拼招式，胜负两人心里自有分晓。"

萧朗说：

"不错，你还确实知道一些掌故，那我们就如此比试，一是省得你把大将军输给我心里不服，说是因为体力不支，以后我统领翼灵军你也不甘心听命，二是，省得我一不小心伤你性命，在下确实爱你之才。"

小个儿闷哼了一声，退开五步，摆了个招式说：

"少说几句，来吧。"

两人便凌空拆了几招，小个儿忽然停下说：

"你已经输了。"

萧朗说：

"我刚才不是发招，我是让你再退两步，离得太近我怕你一会恼羞成怒，我不得不出手，徒增伤亡。"

小个儿说：

"哼，庸人多作怪。"

便又退了两步，起手说：

"这次够远了吧。"

萧朗说：

"差不多了，这次你要是输了可别再找借口。"

底下翅鬼都发一声笑，估计心下都想，无论输赢，这人着实有趣。小个儿挥拳发了一招，萧朗看他出拳，也照猫画虎，出了一拳，小个儿刚想发作说他又输了，萧朗另一只手又发出一拳，和这拳一起发出的是一枚石子，正是萧朗在洞里打磨的一侧锋利的石头，萧朗臂力确实不小，这枚石子发出尖利的声音直奔小个儿的左眼。这人确实身怀绝技，眼见石子到了眼睛抬手一弹，石子便飞在柱子上，撞得粉碎。可他没想到，萧朗发出石子的时候，竟然腾空而起向他飞来，不只是他，谁也不会想到真有翅鬼可以平地飞起。萧朗的右翅已断，可左翅完好，我看出来他也是奋力一搏，竟然飞了起来，只是腾起不高，可飞出的速度极快，眨眼间就到了小个儿的近前，小个儿刚把石子弹开，萧朗的右手就到了他的脖子，一枚锋利的石子贴在他的喉咙中间。小个儿忘了自己身在比武的局中，失声问道：

"你能飞？"

萧朗凑到他耳边说了些话，小个儿听完愣了半晌，然后突然向他跪下，说：

"大将军，在下从今以后供您调遣。"

我赶紧大喊：

"大将军，供您调遣。"

说完也跪倒，翅鬼们转眼间就跪倒一片，口呼大将军，虽然萧朗有使诈之嫌，可能平地飞起确实让人以为是神人下凡，翅鬼们不由分说，全都服了。这时，国师巫齿突然大声说：

"大将军是你们能定的吗？都站起身来。"

翅鬼们呼啦啦地站起，不知这个白头发雪国人要搞什么古怪。

巫齿说：

　　"圣上有旨，翼灵中胜出之人要和雪国最善战的武士比试一场，赢了才能封金赐印。"

　　我心下疑惑，倒不是雪国人出尔反尔，这些矮人本来就是如此，可雪国人虽然喜欢练些拳脚，毕竟身材矮小，力气也小，怎么能和翅鬼们较量？这不是自找苦吃？

　　这时从后殿转出一个雪国武士，这人一身黑衣黑裤，戴的面具也是黑的，上面画着白色的五官，不是笑脸，是一张口中长出獠牙的鬼面。这人没有翅膀，却和萧朗一般身材，站在萧朗面前也不施礼，抬腿便是一脚，这一脚快得还没等我看清楚，萧朗就飞出去，翅膀撞在墙上，我和萧朗同时叫了一声，他那断翅可能要伤得更重了。紧接着这雪国人又跳到萧朗身边，单手把萧朗提起，挥臂一掷，萧朗这次摔得更惨，血流了满身，不知是不是又掉了两颗牙，雪国人便如此这般把萧朗掷来掷去，嘴里说：

　　"怎么不飞了？"

　　声音十分低沉。萧朗毫无还手之力，倒不是因为萧朗不会拳脚，作为翅鬼，萧朗奔跑跳跃要比雪国人矫健迅捷得多，可这个雪国人真是来去如电，我从来没想到一个没有翅膀的雪国人身法能如此之快，简直是鬼魅一般，看不清楚的时候已经到了近前，抬手一抓，更是快如闪电，又力大无比，看来并没使力，萧朗便被掷得腾空而起，重重地摔在石地上。不用说是萧朗，就是刚才那个小个儿高手，估计也会一样被掷来掷去，实在不像是人力之所为。我知道这么下去萧朗就要被摔死了，想走上去又怕被一拳打死，想到要被打得双眼迸出，脑袋裂开，脚下便钉在原地，胃里涌出苦水。这时看见雪国人又去抓萧朗的衣服，萧朗突然笑着说：

"早知道你们雪国人没安好心……哈哈……让我们翅鬼替你们去杀谷妖，按你们的话说，谷妖是我们的祖先，你们逼我们欺师灭祖……不对，应该是想让我们两败俱伤……拿了大将军引我们……什么翼灵，什么狗屁大将军……全是谎话……"

雪国武士手停在萧朗的衣服上，迟疑不前，翅鬼们有些骚动，殿内的气氛和开始时有些不同了。雪国武士把手拿回说：

"我奉圣上之命，试你的功夫，你不要妖言惑众。"

萧朗晃着站起说：

"我打赢你才是大将军，你们雪国人怎么不早说？"

雪国人一时语塞，萧朗突然倒在他的身上，口里的血弄脏了他的上衣，这时我看见萧朗把手伸向翅膀里，说：

"你想知道我为什么能飞吗？看看我的翅膀就知道它们多么不同了。"

雪国人用手扶住他，把脸凑过去，看他的翅膀。萧朗的邀请产生了巨大的力量，这时萧朗突然拔出我用绳子绑在他翅膀上的钢钎，这钢钎当时是为了固定他的断翅的，刺向雪国武士的咽喉，因为距离太近，雪国武士下意识地一闪，钢钎刺进锁骨，萧朗紧接着向侧面飞去，这一飞力气很大，钢钎在雪国武士的锁骨处撕开了一道口子，血喷涌而出，雪国武士挥手抓向萧朗，这一抓迅猛无比，萧朗虽是早有预料，胸口还是被抓下一块皮肉，落地时即仰面摔倒，雪国人随即也俯身栽倒。巫齿和一些侍从马上冲过来把雪国人抱入后殿，留下萧朗在地上自己喘气。过了一会，巫齿从后殿走出来，问：

"你叫什么名字？"

萧朗说：

"我叫萧朗。"

巫齿说：

"萧朗跪下。"

　　萧朗不动，旁边的雪国兵把雪弩指在他的后脑，萧朗便跪向巫齿，巫齿又从袖子拿出一卷纸，念道：

　　"封萧朗为翼灵军大将军，美翼爵，赏一千蛾，将军甲，美眷二十，即刻上任。"

　　说着有人把铠甲抬起，萧朗摆摆手说：

　　"我现在穿不动，能让我们待一会吗？"

　　巫齿点点头，挥手示意雪国兵们退下，不一会儿，殿内只剩下这一千翅鬼，萧朗说道：

　　"我先睡会儿，你们把面具都摘了吧。"

五.

　　我把面具摘下，想上前去看看他的伤势，他的
上衣和血黏在一起，看着可怖。可想到他现在已经贵
为大将军，刚才他差点被雪国武士摔死，我也没敢上
前帮忙，这时候再上去献殷勤，不知他会不会不认识
我，便只是往前挤了挤。这时候刚才被萧朗打败的小
个子走到他身边，蹲下查看他的伤势，这人也就是
二十一二岁的年纪，眉清目秀，不像是习武之人，倒
像是书生。萧朗睡得很香，鼾声如雷，他真是洒脱，
满身是血，翻身便能睡着，单就这点脾性，就够一位
大将军。小个子把萧朗从头到脚摸了半天，示意大家
他的伤势无碍。这时我才发现不知什么时候，所有翅
鬼都把面具摘下，围拢在萧朗身边，成了一个厚厚的

人圈，可殿内一直是静悄悄的，四周把守的雪国兵也没发出一点声音，只听见萧朗的鼾声忽大忽小，有时候嘴里发出吃东西的声音。

不知过了多久，萧朗醒了，他站起身，翅鬼们忽的全都跪下，我也跟着跪下，萧朗说：

"都站起来吧，谁能帮我把这钢钎绑上？"

言语中自有一种威严。小个儿离得最近，上前一步说：

"愿为大将军效劳。"

伸手接过钢钎，在自己的身上把钢钎上的血擦干净，搬过萧朗的翅膀，萧朗和我帮他弄的时候一样，疼得哎哟哟乱叫。小个儿像是聋了一样，手法干净利索，几下就绑好了，然后躬身退后，萧朗问他：

"你有名字吗？"

小个儿说：

"小人叫做寒。"我看出萧朗神色里有些失望，可他从不会让自己的失望持续太久，他说：

"那我赐你一个姓吧，从今天起，你跟我一样，姓萧，叫做萧寒，你意下如何？"

小个儿又跪倒说：

"谢大将军，小人荣耀之至。"

萧朗说：

"从今天起，你不但姓我的姓，你还要做我的护卫，无论是谁，没有我的允许靠近我三步之内，立杀之。"

萧寒说：

"萧寒粉身碎骨也保大将军周全。"

萧朗点点头，伸手把萧寒搀起，萧寒便站在他身侧，好像影子一般。萧朗环顾四周，不像是在找我，他抬手一指，说：

"你出来。"

一个大汉从人群中走出，看身材姿态正是和萧寒斗输的那个莽汉，果然和我想的一样，脸上乱糟糟长了许多胡子。莽汉说：

"你想要怎地？"

萧朗说：

"你有名字吗？"

他说：

"都叫我虎子。"

萧朗想了想说：

"你就叫萧子虎吧，你的功夫不错，和萧寒不分伯仲，我想请你做我的先锋官，你愿意吗？"

虎子问：

"他比我功夫好，你不用夸我。先锋官是干什么的？"

萧朗说：

"先锋官便是身先士卒，第一个杀进敌阵的武官，立功扬名你是第一个，兵败身死你也第一个。"

虎子说：

"这敢情好，是死是活来个痛快，我愿意跟着你。"

萧朗说：

"记住，你叫萧子虎，姓我的姓，不能给我丢脸。"

子虎点头：

"你瞧得起我给我官做，还给我名字，我这命便是你的。"

萧朗点点头，对翅鬼们说：

"不要围着我，都坐下，我有些话要讲。"

翅鬼们呼呼啦啦地坐了下去，还是围着萧朗，只有萧寒站在他身边，一动不动。看来萧朗是真的把我忘在脑后了。他把声音提起，说：

"今天雪国人选帅，我运气好拿了这个彩头，此事便无法更改，你们再有千百般的疑问，也要认我这个将军。既然我的将军已经做实了，我的话大家便要遵从，违抗军令者，立斩之示众，绝不姑息。"

这两句话讲得我寒气通遍全身，似乎眼前的萧朗从未和我相识，夜以继日和我挖洞想要逃走的是另一个翅鬼，已经逃得不知去向。萧朗当然听不见我心中所想，他看了看站在四周的雪国兵，说：

"我现在要讲我们翼灵军的三条军规，这约法三章你们要千万记住，无论何时坏这三条者，即要坏我翼灵军的根基，人人皆可诛之。我现在便把这三条军规告予萧寒，萧寒告予子虎，然后依次告之，我要你们口口相传，从此牢记在心。"

说完，他就趴在萧寒的耳旁，说了一阵，萧寒又趴在子虎耳畔说了一阵，大家便一个一个传过来，这三条军规我记得十分清楚，即使我有一天老糊涂了，我想我也不会忘记，当时传到我耳朵里的是：一，无论何时，翼灵之间不得自相残杀。二，无论何时，不能相信雪国人。三，无论何时，萧朗都是大将军。

正传着，大殿的门开了，萧朗抬手示意大家不要讲话。巫齿带着几个侍从走进来，径直走到萧朗身边说：

"大将军，您休息得可好？圣上有请。"

萧朗抱拳说：

"烦劳国师，我能带一个随从吗？我身上伤势未愈，有人照应可省圣上挂怀。"

巫齿说：

"圣上大赞大将军不但勇武过人，而且机智聪敏，这点要求想来圣上不会拒绝，若是大将军现在没什么要事，请跟我走吧。"

萧朗对子虎说：

"我不在的时候你统领众人。"

然后对巫齿说：

"烦请国师前面带路。"

说完便和萧寒一起，随着巫齿走了出去。

过了许久，萧寒独自回来了，他对众人说：

"婴野将大将军引为知己，留他彻夜长谈，大家不要担心。另外，婴野说，这座大殿从今日起即更名为翼殿，我们翼灵军从此便在此处操练休息，擅自出殿者，杀。"

萧寒讲话时平静如水，他称萧朗为大将军，对婴野却直呼其名，听着十分有趣。他说完便站在人群中，萧朗不在，他即是一个普通的翼灵军，供子虎统帅调遣。子虎便依萧朗之命统领众人操练，子虎说：

"俺不会什么阵法，妖术的，就教你们一些格斗的办法，真打起仗来最不济也可保命。"

说完，便先扎了一个马步，按部就班地教起，萧寒虽是功夫比他好，可也和其他人一般从扎着马步学起，弄得子虎十分欢喜，时不时地走过去拍拍萧寒：

"你耍得不赖，不赖。"

萧寒也不抬头，只是说：

"多谢先锋官夸奖。"

子虎虽然性情憨直，口齿也不怎么机灵，可教起的功夫却是十分踏实有用，没有拖泥带水的招式，所授招法无不是简单直接又能取人性命，有时候十分阴毒，学起来不禁替对手捏一把汗，替自己叫一声好。子虎所讲，无非是格挡和攻击，将对方的招式截在半路，然后以最简洁的方式攻击对方要害，裆下，小腹，两肋，咽喉，双眼，后脑，力求一击致命，所用部位可为指，拳，肘，膝，脚，甚至前额和牙齿。我想起自己在萧朗小腿上咬的那一口，他可能已经不记得曾经有个叫默的翅鬼把他咬得失声乱叫了吧。这念头一闪而过，没有多做停留，萧朗已经不是萧朗，他现在叫做萧将军。

雪国兵每天按时把酒菜送到，然后站在远处端着雪弩观瞧，几天过去，翅鬼们操练得十分愉快，吃饱喝足，然后和子虎学功夫，虽有雪国兵在侧监视，可渐渐就把他们当做自己的侍从，每天送饭送菜还拿着兵器护我们周全，实属不易。翅鬼们渐渐也熟络起来，边练着招式边插科打诨，子虎也是喜欢说话谈天的人，就也不怎么约束，有时候还插嘴接话，大家就忘了手中摆着姿势，也忘了子虎是先锋官，不一会就席地而坐，叫他虎子，谈在一团，萧寒却是从不说话，众人谈天的时候他便盘着双腿在一旁闭目养神。有人好奇，问子虎功夫从哪学的，虽然萧寒的功夫更好，可看他一副孤芳自赏的样子，大家也就由他自赏，没人找他讲话。子虎说生他的雪国人家懂些功夫，他自小便被当做下人被呼来唤去，因为他生得老实，干起活又十分卖力，这家人不把他当做畜生，练武拆招也不避他，他就眼看耳听，背地里偷着练上几手，学了不少本领，可毕竟是偷学的，大多都是野路数，三五招内若是不能制敌，耗得时间久了根基不牢的毛病必定会显现出来，所以一旦遇见真正的高手，必败无疑。然后子虎把身子探过来，小声说：

"萧寒这小子的功夫一看就是经过名师指点，内外兼修，学的时候必是一板一眼，你们看他劈我翅膀那一招，力道拿捏得正好，若是像我一般野路子，不是劈得轻了我毫不在意，就是劈得又重又慢，被我躲了去，那一招劈得我落地不稳，他之后乘机将我踢倒，这手法绝不是像我这样的野和尚能化缘化来的。"

说得众人哈哈大笑。子虎又说：

"你们谁的口才好，脸皮厚，去替我问一问，他这功夫是哪里学的？我好奇得很啊。"

众人都把脸闪开，有人扎开马步摆起招式装作没有听见，这时有人凑到近前小声说：

"那你看萧护卫那模样，我们豁出脸去问，肯定是要被呛回来。大将军走的时候吩咐您统领众人，这统领二字可不光是操练一下身手这么简单，我们这一干人等都得听你的吩咐，您只要把萧护卫叫来，命他告诉你他的武学渊源，想来他不敢违抗军命。"

这一说大家都觉得有理，刚才扎马步摆招式的翅鬼也撤了马步，转过身来频频点头。子虎想了一会，咳嗽了一声，朗声说：

"萧护卫，你过来，我有事问你。"

萧寒睁开眼睛，走过来躬身施礼：

"请讲。"

子虎说：

"大将军走的时候，吩咐我统领众人，我想不但要把大家的身手练好，也要知道每个人的来历，这样等大将军回来，能少费些心力。我想就从你开始吧，你的功夫是从哪学的？"

子虎前面几句话讲得不紧不慢，堂而皇之，最后一句露了怯，显得急切得不得了。萧寒说：

"你想探我底细用不着用大将军压我。"

子虎把眼睛一翻，说：

"我就拿大将军压你，你敢违抗军令不成？"

我们一看事情要闹大，子虎曾是萧寒的手下败将，这一时半刻又官居萧寒之上，这样一闹有报私仇之嫌，刚才出主意的翅鬼也没想到子虎把他的主意执行得如此彻底，赶紧向人群后面躲去。没想到萧寒马上一笑说：

"我当然不敢违抗军令，回先锋官，在下的来历和大家一样，进这座翼殿之前，是奴隶。"

子虎说：

"你不要当我是傻人，我问你，你的功夫是从哪学的？"

萧寒想了一会说：

"回先锋官，在下的本领乃是雪国人所授。"

子虎不甘休，问：

"你既是奴隶，雪国人怎么会传你武功？"

萧寒眼见躲不过，扫了一眼周遭的雪国兵，看他们都昏昏欲睡地坐在墙边，说：

"我的父亲是武术名家，名讳不便透露，我是他的独子，翅鬼虽被朝廷视为异端，可我的父亲仍然视我为他的儿子，从我七岁起便传我功夫，等我十二岁要入井之前，他逼我把武功心法背牢，并送我八个字：不求争锋，只求保命。我这次已经违背父亲的教诲了。"

我们听得神往，想不到雪国人也有这样的好人，朝廷管得了人事，管不了人心，这人心可真是千差万别啊。子虎说：

"如果我认你做师傅，你能把你那心法传给我吗？"

这一问吓了我们一跳，子虎性格实在太过直率，想到什么便脱口而出。萧寒说：

"家传武学，不可外传，恕难从命。"

子虎说：

"你姓萧，我也姓萧，我们不是一家人是什么？"

这一说倒把萧寒弄得无话，萧寒愣了半天说：

"请先锋官自重，不要当自己是泼皮无赖。"

说完转身走开。

自那天起，子虎除了带领众人操练，就是缠着萧寒要他收他为徒，弄得我们好不尴尬，没想到子虎倒是一点不顾脸面，刚才还是统帅众人的头领，转过头去便追着下属的屁股要拜人家为师。萧寒真是硬气，不管子虎如何软硬兼施，就是一副恭敬但不从命的派头，两个人就这么强在一处。我们其余的人除了操练本来也闲来无事，就看他们两人磨牙，萧寒也是有趣，本来摆出一副打坐的样子好像要一言不发，可子虎稍有出言不逊，他必要还以颜色，绝不许自己嘴上吃亏，这两人算是天生的冤家，都是一身本领，可偏又不擅退让。

　　有时候我们看得腻了，也相互攀谈，有人伸出手互相研究手上的茧子，看谁的更厚一些。曾经都是苦劳力，闲来无事也就是比谁更苦吧。可我把手向外一伸，其他人都吸了口冷气，我这茧子估计在这一群翅鬼中应该是独领风骚了，他们哪里知道，我这茧子换来了一个洞，还差点把他们的大将军送走。

　　转眼间已经过去将近三十天，萧朗被婴野唤走就再没回来，我们被雪国兵伺候得倒是舒服，可这样等来等去也不知要等到什么时候。三十天前婴野的话里，好像杀进谷中，捉拿刺客，迫在眉睫，可这样把我们的首领叫走，把我们扔在殿里，也不知他为父报仇到底是急还是不急。我可是有些急了，不管小米是不是刺客，一个小姑娘在洞里已经待了近三十天，雪梨应该十天前就吃尽了，这样下去她肯定要被活活饿死，有可能她已经饿死在井里了。萧朗这个混蛋扔下一句"我一定回来接你"，就跑来当了大将军，他这大话是要杀人的。

整整第三十天的傍晚，萧朗回来了，被两个雪国兵用软床抬着，他在软床中侧躺着，姿势十分怪异。后面跟着巫齿。巫齿的脸上挂着笑，一般来说，雪国人笑起来，我们翅鬼就要遭殃，不知这次是不是也是如此。雪国兵小心地把软床放下，巫齿说：

"圣上和大将军畅谈三天三夜，相见恨晚，没想到翼灵中有如此出类拔萃的俊杰，就算是雪国人也难有出其右者。圣上大悦，不知什么样的赏赐才能配得上大将军，最后圣上下旨，赐大将军国姓婴，世上从此再没有萧朗这个人，只有雪国大将军婴朗，婴朗也不再是翼灵，圣上赐国姓即是将大将军视为雪国人。不但如此，圣上说婴朗就如他的兄弟一般，但雪国人婴朗暂时依旧统帅翼灵军，以后另有差遣。圣上本来让大将军多休养些时日，可大将军说御医的刀法精奇，伤口已经愈合大半，况且为圣上杀敌捉贼心切，便三番四次请缨出战，圣上便准大将军提前回军，三日之后开赴断谷。你们要好好照看，切不可马虎。"

说完把手一摆，殿内原来看守我们的雪国兵和他的两个随从跟着他一起走了。

众人拥到萧朗身旁，不知为什么他受了封赏，却站不起来了，听巫齿讲，身上还开了刀，萧朗争将时确是受了小伤，但都是皮外伤，开刀又是从何说起。萧朗的脸色苍白，身上的衣服已经换了，俨然是一个雪国贵人，一身素白的绸缎，腰里系着黑色的丝绦，加上萧朗本就生得俊朗，谁也想不到这一位雪国皇帝的红人，三十几天前还是朝不保夕的奴隶。萧朗虽然面无血色，眼睛还是那么亮，他轻声说：

"你们不必担心，我没事。"

他突然伸手指了指我说：

"我看你还算结实，以后你就和萧寒一起抬我吧。"

我说：

"遵命。"

心里乱作一团，他到底还是看到我了，可为什么又好像认不得我呢？萧朗说：

"你们肯定奇怪，为什么我姓了婴，就坐也坐不起来了。"众人点头。萧朗说：

"我的翅膀被割了去。"

说完把后背转了过来，他的翅膀不见了，后背肿得老高，刀口应该已经不再流血，缠着厚厚的布。萧朗说：

"皇上说我既姓了国姓，就不应该再有翼灵的翅膀了，况且，他造的铠甲也没有留出翅膀的地方。你们不要伤心，伤口已经结痂，再过十天我就能够走路了。"

子虎忽然问道：

"大将军，那你现在是翼灵还是雪国人？"

萧朗说：

"这话无须再问，你只记得三条军规就好。这些天你操练得如何？"

子虎有点心虚，说：

"时间太短，只是练些皮毛。"

萧寒说：

"我看皮毛倒没练，倒是把脸皮练得可以。"

子虎说：

"你倒是护着自己的脸皮，藏着本领却不教予别人，你给大将军说说，你到底把不把我们当做自己人？"

萧寒说：

"公是公，私是私，大将军允你统领众人，没允你以公谋私。"

子虎待要再辩，被萧朗用眼神止住，萧朗说：

"你们俩这些天就是这般过的，是吗？"

两人不敢接话，我接茬说：

"禀大将军，先锋官除了和萧护卫商议要事，还教了我们许多实战杀敌的办法，我们受益不浅。"

萧朗转头，说：

"你叫什么名字？"

我说：

"我叫默，是一个翅鬼给取的，我爱讲话，他说这默的意思是少说两句。"

萧朗说：

"默？默除了少说两句，还有私下里的意思，古书上说，故能默契如此，就是这个意思。"

我一听，心里好像被井上的阳光扫过，我说：

"大将军渊博，看来那个翅鬼所学还是肤浅。"

萧朗一笑：

"能认识这个默字已经不错了，他如果不告诉你，你不是还不知道世上有个能让人少说两句的默字吗？"

我说：

"是，可他要了我六个蚕币呢。"

他掏出一枚钱说：

"这枚蛾币赏给你，一是你抬我的赏赐，二是替那个翘鬼还你个人情，你也不要记恨他，做翘鬼的谁不想留点钱在手上，也许不知什么时候就能拿这钱买回一条命。"

我接过蛾币，说：

"谢大将军，我一定谨记您的教诲，把您抬好，把这钱攒好。"

众人哄笑一声。萧朗说：

"大家这些天操练辛苦，今天放假一天。我来时已经吩咐宫内的杂役，一会儿有人引你们去沐浴更衣。雪国人倒是懂得享受，把皇宫建在几眼温泉周围，我们既要替他们卖命，就也应该享受一番。婴野已经应允，只不过有雪国人在旁看守，你们不要管他们，脱了精光，洗个痛快。"

众人齐声喊好，萧朗说：

"萧寒和默留下陪我。"

不多时，殿内只剩下萧朗，萧寒与我，三人。

萧朗把萧寒叫到近前说：

"我有要事要托付给你。"

萧寒说：

"在所不辞。"

萧朗说：

"咱俩交手的时候，我在你耳边许诺你，如果你听命于我，我便授你飞行之法。"

萧寒说：

"大将军记得清楚。"

萧朗说：

"我已没了翅膀，这飞行之法不传于你定要失传，不过，传你之前，你需替我把这件要事办得妥妥帖帖。"

萧寒说：

"大将军尽管吩咐。"

萧朗说：

"我们刚被网来大殿的时候，婴野让我们饱餐了一顿，酒菜之中我认得似乎有鹿肉，你可记得？"

萧寒说：

"小人记得，确是有鹿肉，味道着实鲜美。"

萧朗说：

"这雪国人吃鹿有个门道，鹿皮定要剥得完完整整，之后做的鹿肉才叫讲究。"

萧寒说：

"此事小人也有耳闻。"

萧朗说：

"不错。"说完从怀里掏出一块牌子，上面写了个字。萧朗说：

"这块权杖你拿好，婴野把我当他的兄弟，赐我两块权杖，上面都有一个婴字。在雪国，见权杖如见婴野本人。我要你到御厨房，把他们剥下的鹿皮通通搬到殿里，有多少搬多少，再多备一些鹿骨，树枝和麻绳，听明白了吗？"

萧寒接过权杖，并不问为什么，说：

"再明白不过。"

萧朗说：

"你回来时若是我和默不在，你便告诉子虎我有要事要办，在殿内等我，我很快回来。还有，我不在的时候，谁若对我有所微词，你要记下，我回来时再把账算清，就算是子虎，我也不能饶他。你这就去办吧。"

萧寒说：

"大将军保重。"

说完大步走出翼殿。

殿内只剩下萧朗和我两人。萧朗说：

"默，我的翅膀没有了。"

声音平静，听起来却是悲伤到了极点。我把他从软椅上扶起，他坐起来，看起来疼得不得了，可他坐起来之后便把我的手推开，说：

"没了翅膀飞不了，可坐还是可以。"

我看他逗能，眼泪就充在眼眶里，我一动不动，怕眼泪落下来。萧朗看外面天色已暗，说：

"婴野想让我把自己当做雪国人，我以前多么羡慕雪国人。他们能活那么久，还自由自在的。"

我说：

"你就是做了雪国人，也没人怪你。"

萧朗摇摇头说：

"不是把我的翅膀割掉，给我穿上绸缎，让我姓了婴，我就是雪国人了。"

他指了指自己的心口：

"这三十天我无时无刻不想相信自己是雪国人，可是就算没了翅膀，我还是想飞。"

我轻轻地扶住他的肩膀说：

"萧朗，看来我们是跑不掉了，你也飞不了了，你就做你的大将军吧，我只求你，如果小米命大，没被饿死，你饶她一命。婴野那么器重你，不会把你怎样。"

萧朗又把我推开说：

"你以为婴野真把我当他的兄弟？傻子，你记得那个把我掷来掷去的雪国武士吗？"

我说：

"怎么会不记得，那人的身手像个妖怪一样。"

他说：

"那个雪国武士的身上有股特殊的香味，应该是宫里的一种特有的檀香。"

我说：

"那又如何？"

他说：

"我拜见婴野的时候，他身上的香味和那个武士一模一样。"

我说：

"你的意思是婴野亲自下场来试你的功夫？也可能是雪国皇宫里都用这一种檀香呢。"

萧朗说：

"我也怕是错怪了婴野，他要是个明君那该多好，即使我们跑不掉，结局也不会太坏。可你也应该记得那个武士被我用钢钎割伤了锁骨，你还记得是哪一边吗？"

我说：

"是他右边的那个肩膀。"

萧朗说：

"婴野和我说话的时候，无论是饮茶还是批阅奏章，都用的是左手。可他向我们亮出刺客用的匕首的时候，分明用的是右手。所以，那个雪国武士必是婴野，那时候婴野又恰巧不见了，你若是国君，本国武士和翅鬼的第一个高手交手的时候，你会走开吗？"

我听得心里一片寒意，世间怎么会有如此阴险而又武艺高强之人，这人竟又是一国之君，这可怎么对付？

萧朗说：

"婴野分明是想摔死我，可他本应该留我一命，让我替他统领翅鬼，去和谷妖杀个两败俱伤，他那么有心计的一个人，怎么会控制不住自己？"

我听得更加害怕，不敢接话。

萧朗继续讲：

"那只能说明他的心底恨我们翅鬼，他本来想利用这次点将，摸一摸翅鬼的虚实，再选出一个可用之人替他卖命。可当我真要成了大将军的时候，他就控制不住自己心底对翅鬼的恨，容不得一个翅鬼当这么大一个官，非要下场泄愤不可。"

我说：

"你的意思是婴野内心里十分瞧不起翅鬼。"

萧朗说：

"我开始也是这么以为，可是这三十天我每天都和他见面，交谈，我发现他对翅鬼不是恨，你知道吗，他是嫉妒！"

我惊得一声叫，萧朗说：

"别喊。别看殿内的雪国兵撤走了，这殿周围都是耳目。"

我小声说：

"他身为雪国的国君，怎么会嫉妒翅鬼？"

萧朗说：

"他嫉妒我们有翅膀。"

我说：

"可雪国人都相信翅膀是不祥之兆。"

萧朗说：

"我也是猜的。我面见他的时候，他对我的翅膀非常好奇，问我飞起来是什么感觉，我说，飞起来时会忘了自己是谁，只觉得自己很大，别人很小，他说上天赐给你们翅膀，你们其实都不知道上天是何意。我说，是，上天的意思都是通过你们转达给我们的，我们当然不知道上天最开始是什么意思。我这话一讲，婴野本来要发怒，可他这个人城府很深，马上一笑说，你这个翼灵不但诡计多端，而且牙尖嘴利，我很喜欢你。然后他就把巫齿叫进来，说要赐我国姓，要御医准备，帮我把翅膀去了，让我做一个货真价实的雪国人。我的翅膀就这么没了，我还得谢他的恩典。默你想想，他为什么会说我们不知道上天赐予我们翅膀是何意？为什么会先让我做雪国人，然后割了我的翅膀？"

我说：

"我不知道，婴野这个人我彻底不明白了。"

他说：

"先不讲他这人是好是坏，人和人之间的区别无非是强弱，他这人一定是强的，聪明绝顶，身怀绝技，可以说是文武双全，他的身材和我几乎一样，比一般的雪国人高大许多，虽然他没有翅膀，他的样子，你觉得是不是有点像半个翅鬼？"

我说：

"你不说的话我真没把他和翅鬼放在一块想，你这么一说，还真的有点道理，他的样子和气度没有雪国人那种偷鸡摸狗的模样，倒像是一个翅鬼过上了好生活。"

他说：

"没错，你再想，我们这些翅鬼都是雪国人所生，没有翅膀的两个雪国人能生出我们这样长翅膀的怪物，当然也可能生出婴野这种没有翅膀的怪物，我甚至怀疑，他的后背是痒的。"

我说：

"你越猜越离谱了。"

他说：

"好，这句话算是胡猜。可我相信他的身体里有飞的欲望。"

我没接茬，萧朗这一系列的推断实在太过惊世骇俗，我一时消化不下。

他继续说：

"或者说，他身为一国之主，肯定有机会了解本国的秘史，他是如此一个全才，不可能会任凭自己茫然不知来处。你便想，在井下我给你说的雪国人是冰海勇士的说法不可信，婴野的心术绝对不在我之下，他应该也想得到，甚至想到得更早，那他一定会去了解雪国人到底是从哪来的，最初的时候到底是什么人。"

我的脑袋已经进入了半瘫痪的状态，无法做出哪怕是敷衍的回应。

萧朗看来是憋得久了，也不管我是否明白，自言自语一般讲下去：

"如果我猜他嫉妒我能飞是对的，如果我猜他已经搞清了一部分雪国的历史是对的，如果小米说她来自另一片世界也是对的，那这一切说明什么？"

不等我回应，他便自己答道：

"说明雪国人来自这么一个地方，在那儿能飞是荣耀，有翅膀的人受尊敬，而没有翅膀，身材矮小的人很卑微，甚至和雪国的翅鬼一样，是奴隶。"

萧朗把奴隶两个字说得非常有力，甚至有些歹毒。我恍惚间问道：

"那我们该怎么办？"

他继续自言自语般说：

"还是得逃。"

他说完这句话，殿内安静下来，虽然这座大殿宏伟无比，可这时候我突然觉得这座宏伟的大殿好像比井下还狭小一样。

静了一会，我问：

"你没了翅膀，怎么能逃？"

萧朗说：

"我说过，一旦学会了，就忘不掉。我已经有办法了。不过，这个办法会死很多人，但至少你我会逃出去。"

我说：

"这一千多人通通都要死吗？"

萧朗说："他们现在已经听命于我，或者说，他们的命已经是我的了。默，你记住，同一类人聚在一起是最好摆布的，婴野能使他们效忠于他，我当然也能让他们效忠于我，而只效忠于我。如果他们听婴野的杀入谷里，也免不了一死，倒不如让他们帮我们逃走，我想，如果让他们选的话，他们也会选择后一种死法。"

我说：

"他们会选择活下来。"

萧朗说："没有这一种命供他们选择，从他们被带入殿里，他们就只能选择为婴野而死，还是为我萧朗而死。当然，除了你，默，你是我唯一可信任的朋友了。"

我想到自己能活，竟要死那么多人。可我逼自己忘了这些，如果萧朗言而有信，我只想要活下去。

看我默认了他的说法，萧朗让我扶住他，从门缝向外张望，夜色初临，万物在暮霭中有些模糊，虽是早春，尚有些清冷的气息从门缝飘到我们脸上。门外站了两个雪国兵，看起来只是摆摆样子。萧朗小声说：

"婴野给我两块权杖，无非是想诱我真心，我断定，萧寒去弄鹿皮，肯定有人跟踪，不过没关系，就算是跟到翼殿里他们也不知道我是何意。"

说着从怀里掏出另一块权杖，说：

"默，你可会骑马？"

我说：

"小时候帮主人放羊时骑过羊。"

他说：

"马比羊更好骑，有马鞍，你坐得牢。"

我说：

"你不要哄我，否则我俩一块摔死。"

他说：

"不管你会不会我们也要一试。"

我说：

"去哪？"

他说：

"断谷。你先把我背起来吧。"

我不多问，蹲下将他背起，他推开殿门，亮出权杖对雪国兵说：

"去牵一匹好马，拿一捆结实的绳子，再给我带一些轻便的干粮。"

雪国兵大声说道：

"遵命。"

不一会儿便把马和绳子，干粮准备停当，我先跳上马，然后两个雪国兵把萧朗扶上后鞍，萧朗说：

"引我们到宫门。"

到了宫门，这宫门竟也是黑的，从翼殿中走来，没见到有什么花草，满眼都是石头，宫门竟是黑铁所造，若不是雪国兵上前推开，我和萧朗连马几乎撞上去。

我第一次骑马，两腿使劲夹牢，翅鬼毕竟有力，把马夹得听话，看上去像是经常骑马之人。萧朗伏在我背上，对雪国兵说：

"断谷在哪边？"

雪国兵说：

"这宫门向南，您只需要一路向南骑，天亮之前必到。"

萧朗说：

"好，是你跟着我们，还是陛下另有人选。"

雪国兵说：

"不是小人，小人不知。"

这时看见另一个雪国兵身披铠甲，手拿雪弩，正在宫门一侧翻身上马。萧朗拍拍我：

"走吧，尽管骑，就算我们摔在半路，也有人会把我们捡回去。"

我说：

"坐稳了。"

说完两腿使劲一夹，马嘶叫一声箭步向前。我觉得两侧景物马上全都不见了，只觉得耳边呼呼的风响，萧朗牢牢抱住我的腰，他若是摔下去，摔破了伤口，说不定就得死在半路。后来的雪国兵却是一个骑马的高手，不紧不慢地跟着，我只听见后面的马蹄声在不远处，可没有办法扭头去看，萧朗的嘴在我颈后说：

"不用管他，他摔不下来。"

我想，这萧朗一会儿是大将军一会儿又是油嘴滑舌的瘪三一样，看来大官也没那么难当，装腔作势谁人不会？骑了好一阵，渐渐能把腰直起来一些，马也熟悉了身上的分量，跑得十分自然稳当。我说：

"萧朗，我们去断谷做什么？"

他说：

"去救小米。"

我倒是猜到了几分，可他这么一讲，我还是心头一热，这人到底有些道义，虽是对女人，不是对朋友，但也总算是道义，放着自己身后两道伤口不管，在马上颠簸着来救女人。我说：

"若是小米已经饿死了呢？"

他半天没有说话，我知道这话问得绝情，可我非得问不可。过了一会儿萧朗说：

"昨儿我梦见她，坐在井下，身上穿得干净，翅膀却好了，在那张着，她看见我说，我没飞走，是在等你来救我。"

我一听，鼻子难受，这萧朗一肚子机心，到了是个痴情种子，把女人梦得这样好。我咳了一声，说：

"你觉得小米是那个刺客吗？"

他说：

"她不是刺客，你也看见她说话的样子，她说她的妈妈，她不可能是刺客，她就是迷路的小姑娘。"

我说：

"萧朗，你相信世间有这么巧的事儿，同一天晚上，断谷上掉下来两个人？"

我问的时候，心里是虚的，因为不知为什么，我也有些相信，小米是那个迷路的小姑娘，只不过想要萧朗帮我证实。萧朗说：

"我宁可相信小米，也不愿意相信婴野，我怀疑，他父亲胸口的匕首是他插上去的，为的是谋权篡位，然后栽赃谷妖，再命我们去和谷妖拼命，他坐收渔利。"

　　我心想，萧朗为了把小米洗干净，所有的阴谋都栽在婴野头上，也难为他了，可仔细想想，他的分析也不无道理，雪国能做这种事的也就两人，萧朗和婴野，所以萧朗揣摩婴野，应该有些准头。我心里又想，到如今谁的话都不可全信了，选帅那天我发现原来翅鬼中有这么多人功夫了得，不但功夫了得，还不择手段，当然也有萧朗这种功夫不济，但是不择手段得让你信服之人。到了今日，又发现原来无论是雪国人还是翅鬼，竟然都是谎话连篇，全信任何一人都要吃下大亏。我闭上嘴，自己就是一个小角色，少说多看吧，能保命最好，能保住道义更好。萧朗也似乎开始琢磨起什么，伏在我的背上一声不吭。我便伏下身子，把马夹得飞快，人死只是一瞬，赶在这一瞬前面可能这一瞬就退后很久。我想着给小米救命，萧朗就在我后背上喘气，想着想着我忽然担心起来，不知道萧朗刚才讲的话是真是假，他说婴野是敌不是友，说要逃，说要去救小米，万一他编了个大谎骗我，把小米擒住回来献给婴野，那我岂不成了帮凶，不过似乎也不用担心，萧朗现在身上不灵便，真要是斗起来，他不是我的对手，可萧朗也不是婴野的对手，还差点把婴野刺死，他这个人似乎有九命，总有办法活自己，死别人。我再勇猛也不如婴野，况且，面对萧朗，我心下先怯了。

正想得头昏脑胀，萧朗忽然喊了一声：

"小心。"

我赶紧勒住缰绳，不知萧朗是怎么了。这时候，我发现，我的马头下面竟坐着一个人，这人穿着一身黑衣，简直溶在黑夜里，若不是他的眼睛有点星光，就算萧朗把我叫住，我也看不见前面路上竟然坐有一人。我说：

"绕过走吧。"

萧朗说：

"我在马上待着，你下去问一下，这人半夜里坐在路上，似有隐情。"

这一刻他的声音又露出大将军的身段，我便跳下马，问道：

"朋友，你怎么坐在此处，刚才若不是我的随从把我喊住，我的马蹄就要踩破你的脑袋了。"

这人是个雪国人，三十岁上下，虽穿着黑衣，却是个农夫的样子，身上粘着是草梗黄土，他看着我说：

"你一个翅鬼，怎么骑着雪国人的马？"

我说：

"我现在已经被征为你们雪国人的兵士，两天之后便要开赴断谷打仗了。"

他点点头，笑了起来，笑得十分开怀，这人着实奇怪，一副农夫的打扮，可气度却似一饱读诗书的先生。他笑得累了，说：

"后面跟着你们的是雪国兵？"

我回头看，那雪国兵的马头已经挨着萧朗的马屁股了，说：

"正是。"

他说：

"朋友，我给你讲一个故事，你愿意听吗？"

我说：

"长话短说。"

他说：

"三言两语就可讲完。说我们村里有个矮子，娶了一个傻子，这两人却生了两个高大的儿子，大儿子今年二十有三，小儿子也十一岁了，这两口子一辈子没什么正经营生，无非是偷鸡摸狗一路。等大儿子长大了，便哄大儿子替他们去偷去摸，大儿子的脑袋继承了他母亲，就跟着去，经常被抓挨打，有几次差点死了。小儿子机灵，看在眼里，心里生了仇，暗地发誓长大了定要和这老两口算账，可长辈毕竟眼尖，小儿子这点心思全被看在眼里，然后你猜怎么着？"

我听得迷糊，问：

"怎么着？"

他说：

"这矮子和傻子便把小儿子绑起，扔到冰海里喂了鱼了。"

我一惊，心里似乎明白了几分，又似乎不怎么明白，这人突然落下泪来，低声说：

"虽有翅膀，也是我的儿子，那么小，还没认全山里的花，就这么死了。你们走吧。"

我心里本有疑惑，可我实在不忍耽搁，便只说了声：

"保重。"

便翻身上马，一拎缰绳从黑衣农夫先生的旁边绕过去。等马跑起来，没等我开口，萧朗说：

"你下去的当儿，我发现路两边的似乎有几队雪国兵，在村子里走动。"

我说：

"可能是婴野先把队伍开到断谷边，为断谷之战准备吧。"

他说：

"不像，这几队雪国兵走起路来没有金属之声，看来是没穿盔甲，而且他们不是开向断谷方向，而是向村子里撒过去。先不说这个，刚才那人和你讲了什么？一个字也不要漏掉。"

我鹦鹉学舌一样讲完，萧朗想了想，说：

"默，原本我不想害死这么多人。"

我说：

"这句话从何而来？"

他说：

"你知道这些雪国兵在村里干什么吗？他们把十二岁之下的翅鬼抓起来，运到冰海溺死。"

我一听，头皮麻了，一句话也说不出。萧朗说：

"我想婴野本来也许在犹豫这些小翅鬼该如何处置，可这次选将之后，他发现竟然有翅鬼能飞，我还刺得他差点送命，他便下决心斩草除根了。"

我说：

"你不要大包大揽，也许婴野本来就这么打算的。"

他说：

"他如果早就想好，不会拖到今天，他这人一旦下定决心，就不会等待。刚才那个黑衣人，是一个好父亲，若没有他，我们还不知道婴野准备彻底剿灭我们翅鬼一族。"

我突然想到萧寒的父亲，黑衣人虽不像萧寒父亲那般武艺高强，能授儿子保命之道，仅是因为悲伤坐在路上，坐在黑夜里想念儿子，可也是一个不得了的父亲。

萧朗说：

"快骑。"

月亮过了中天，我们骑到了我的井口，也就是从东向西第三百六十个二个井口，沿途有许多雪国兵的关卡，只要亮出权杖一律放行。这时候我们发现长城上的守军竟然全撤了，一道宏伟的长城，空荡荡的，如同被人遗忘了一样。我找了一块大石把马拴好，萧朗把绳子扔给我，说：

"把它也拴上。"

我问：

"你也要下去？"

他说：

"当然。"

我指了指不远处的雪国兵说：

"那他怎么办？"

他说：

"不用管他，他就是个尾巴，不敢动的。"

说完，萧朗便率先下井，我借着月光看见他的后背正渗着血，到底还是把伤口颠破了。井下一如既往地一片漆黑，而那断谷里的歌声也一如既往地摄人心魄，我伸手去摸通往断谷的洞口，它还在那，往洞里摸去，摸到一只手，我叫道：

"小米！"

萧朗说：

"是我。这几个洞我都摸过了，没人。"

我心下一片冰凉，小米是饿得受不了，跳了断谷了吧。萧朗说：

"你钻进去看看，也许小米在半路。"

我马上钻了进去，到了出口，也没见到小米，我知道完了。断谷里的歌声像是送行的乐曲，我和三十天前送萧朗一样，跟着唱起来，也不知流没流眼泪，只觉得脸上是麻的。我知道自己的声音很大，可是我自己几乎听不到，只是放声吼着，吼了一阵，渐渐觉得有些奇怪，我似乎跟上了歌声的节拍，或者歌声在跟着我的节拍？不知从什么时候，我开始能够听见自己的声音，似乎是通过骨头传到我耳朵里。我唱得有板有眼，和这断谷里的歌声连在一起，好像本来就是来自一个地方，每天都在一起唱歌。又唱了一阵，我感到心头的郁闷少了许多，因为我简直忘了我是谁，我好像被包容在断谷里，歌声里，我把自己交给了断谷，我的悲伤就好了。我才发现原来这黑暗而幽长的断谷竟是如此神奇。突然间，我感到谷底下的歌声离我近了，越来越近，简直是飞速地向我靠近，然后，我感到一阵大风自下而上吹在我脸上。在黑暗里，我看到一大群东西飞在我的面前，在这一大群东西前面有一个小东西，径直向我飞来，我躲闪不及，它正撞在我胸口上，我吓得魂都没了，双手乱抓，想挡住来物，这东西冲进我怀里扭来扭去，似乎不想走了，我低头看，竟然是大虫！还没等我反应过来，又有一只什么东西向我飞过来，到了近前把身子侧转，我看清这东西似乎是一只大鸟，长了四只硕大的翅膀和两只尖利的爪子，这东西十分眼熟，我一时想不起来在哪见过。这时候，从这大鸟身上爬下来一个人，我向后退了一退，她便进了洞口，我抓住她的胳膊说：

"小米，你跑哪去了！"

我看见小米的衣服，想了起来，我面前的大鸟和她衣服上刺的那只一模一样。小米转过身拍拍大鸟的脖子说了句什么，这群鸟便唱着歌飞回谷底。

　　我不知是怎么回事。这鸟像怪物，当初在小米衣服上见过的时候，其实就被吓了一跳，这次见了真神，竟然觉得亲切，没有一丝惊恐，也不担心它会向我扑来，只觉得这大东西是好的，不会伤我。我们三个爬回井里，小米看见萧朗，忽然哇哇大哭起来，哭了半晌，我的耳朵才听见哭声，她扯住萧朗的丝绦说：

　　"我还以为你死掉了。"

　　小米看见我时面无表情，只是着急向井里爬，原来是担心萧朗，妈的，我也会死的啊，我还为了你哭了一场呢。

　　萧朗抱住小米说：

　　"要是把你饿死了，我可就真不能活了。"

　　我一时恍惚，怎么萧朗和小米阔别之后，突然变成了情侣的模样？想来可能是那井下的时日两人一见倾心，只是无法描摹，而分别之后，一直担心对方死活，才发觉原来自己已经对对方有情。怪不得萧朗不顾自己的伤势夜奔断谷，原来他已经把小米当成自己的人了，而事实证明，他想的没错。

　　小米紧紧抱住萧朗的腰，忽然说：

　　"你的翅膀呢？"

萧朗笑着说：

"你的翅膀不灵了，我就把我的翅膀也锯下去了。"

萧朗说得轻描淡写，好像割下一对好翅膀是儿戏一样。小米不依不饶，把萧朗晃来晃去，非要问个究竟，我说：

"一对翅膀换了个大将军呢。"

萧朗凶狠地瞪了我一眼，然后把这三十天的种种通通讲了，小米听得眼睛不眨，一会儿流下泪来，一会儿又笑得要跌在地上。我心想，这俩人也许根本不认识对方呢，怎么像是在一起好多年了一样？大虫趴在我的脚面，也听得入神，我把手放在它的甲壳上，它没有像过去一样躲开，而是欢喜地把自己翻过来，让我把它的全身都碰一遍。萧朗说到刺客时，我盯着小米的脸，她没有丝毫不自在，而是轻轻发出铃声一样的惊呼。萧朗最后说：

"绕过那个黑衣农夫先生，我们便径直骑到井这儿了。好了，该你了，我知道你不会死的，但是，这些天你是怎么活过来的？"

小米说：

"全靠了大虫和小乖。"

萧朗说：

"小乖是哪一个？"

小米说：

"小乖就是刚才送我回来的那个火鸟娃娃。"

我知道萧朗糊涂了，便把刚才所见告诉了他，然后指了指小米的胸口，说：

"就是这只鸟。"

萧朗更糊涂了，说：

"小米，咱们一点一点说，你把雪梨吃光了之后，吃的什么呢？"

小米说：

"我没有吃雪梨啊，那东西我看着眼熟，但是我知道我不应该吃那东西，我就跟大虫说，大虫啊，小米不喜欢吃雪梨，怎么办呢？大虫就爬进洞口，一会儿带着一些果子回来，我看着这些果子也眼熟，但我知道这些果子我可以吃的，果然很好吃。"

萧朗说：

"你知道大虫这些果子是从哪带来的吗？"

小米说：

"我后来知道的。你不要捣乱，让我讲完好不好，你知道我记性不好。后来呢，我发现我虽然能吃得饱，可有了新的麻烦，就是我夜里睡不着觉，因为火鸟们唱歌实在是太吵了，我就跟大虫说，火鸟好吵，怎么办呢？大虫把身子撞到墙上，我知道它的意思可能是无能为力。一天夜里大虫忽然爬进洞口，我看它好像有事要办，就在它后面跟着它，火鸟的歌声震得我什么也听不见。大虫忽然叫了一声，声音好尖，一下就盖过了火鸟们的歌声，一会儿大虫又叫了一声，这次我发现火鸟的歌声有些乱了，原来大虫是来捣乱的。它每次都叫在歌声的关节处，不一会火鸟就把歌唱得乱七八糟，这下它们不干了，就扑腾腾飞上来，我抱着大虫赶紧钻进洞里，看见火鸟一个个地往洞口上撞，可是它们太大了，进不来。大虫知道它们对付不了自己，就每天晚上捣乱，后来火鸟们看硬来不行，就每天叼些果子扔进洞里，算是投降。大虫就成了它们的指挥，大虫好像天生懂得节拍，它就每天和火鸟飞在一起，唱歌，如果有谁唱得不对，大虫就叫一声。我本来跳下断谷就是找火鸟玩的，就趁机选了一个最小的火鸟坐上去了，我给它起名叫小乖，因为它真的很听话。然后每天晚上我们就在谷里飞来飞去，一天飞到谷底下，我才知道大虫的果子原来是从谷底采来的，萧朗你肯定想不到这断谷的谷底有什么。"

萧朗知趣地问：

"有什么呢？"

小米的脸上露出美滋滋的表情，说：

"是一片绿洲啊。这底下有一条瀑布，很宽很急，水是冰凉的，水里还有冰呢。瀑布两边全是树，跟画一样，火鸟就住在树林里，树林里好热，你知道为什么热吗？因为有一个火山口，呼呼地冒着热气，火鸟白天睡觉，晚上跑出来玩啊，唱歌。你想下去看看吗？"

萧朗看着小米的眼睛，他在琢磨小米的话里的破绽，这绿洲怎么可能既有冰河又有火山口呢？小米却像是不明白萧朗在想什么，摇着他的胳膊问：

"去不去嘛？去不去嘛？"

萧朗说：

"我这身上还有些疼，下不去，让默陪你们下去吧，他替我看。"

我说：

"好！"

小米不说话，也不看我。我说：

"还是你去吧，同一处景色，不同的人能看出不同的意思，是不是小米？"

小米使劲地点头。萧朗说：

"默，你过来，我有事相求。"

他的声音完全是命令，哪有什么相求的意思。我贴近他，他在我的耳边轻声说：

"我要你留下来，看着小米，她若是刺客，这事就复杂了，也许她在诱我们，毕竟我现在是雪国的将军，她若不是刺客，这事就简单，按她说的，谷底没什么谷妖，只有这些温顺的火鸟，火鸟听大虫的话，大虫可是听你的话。"

说到这里，他突然把声音放开，说：

"我命你两天之后，正午，把这些火鸟埋伏在断崖下面的云雾里，万勿发出声响，等我们翅鬼杀入谷中，你便把火鸟赶到崖上，明白吗？"

我说：

"明白，你是让我留下来替你赌一把。"

他点点头，我小声问：

"如果小米是刺客，说的都是假话，我该怎么处置她？"

他又伏在我耳边说：

"如果她是刺客，危险的是你，你让大虫拖住她，想办法逃。"

我一想，她若是刺客，能入宫刺君，还差点全身而退，那我这个小喽啰岂不是给人家塞牙缝都嫌不够。原来萧朗这一赌的赌注是我的命。

我说：

"绳子你得留给我。"

他说：

"放心吧，我上去之后绳子原样不动，你感觉不妙马上爬上来。"

说完他对小米说：

"小米，我得走了，不过两天之后我们就又能见面了，到时候我送你回家。"

小米说：

"好吧，你可要说话算数，不要像这次一样让我多等了这么久。"

萧朗说：

"当时我说在你吃光这些雪梨之前，我一定来救你，你看，到现在雪梨你还没有吃完，我没有食言。"

小米捂住耳朵说：

"不听你狡辩。"

萧朗把小米的手从耳朵上拿下来，在她的耳边说了句话，声音很小，他不知道我在这井下住了好多年，已经练就了在歌声中听人说话的本领，他说：

　　"小米，你的家就是我的家，两天之后，我们一起回家。"

六

　　萧朗走了之后，我忽然想到一件事：小米早就可以骑着火鸟回家的。看来萧朗的梦做得不是没道理。她一直在等他。不知道萧朗想没想到这一层，他虽然嘴上说小米不可能是刺客，可心里还是怀疑她。他这个人看起来谁都相信，婴野觉得他相信他，小米觉得他相信她，萧寒和子虎觉得他相信他们，我也经常觉得他相信我，可是也许他谁也不相信，他这人就是太聪明，总能找到不相信的理由。我不知道他相不相信自己，他看起来也像是相信自己的样子。

　　到了白天，我才知道为什么火鸟叫做火鸟，因为它们的周身是通红的，好像一边飞身上一边着起火来。萧朗已经走了，小米只能退而求其次，带着我去看绿洲。她这些天野得可以，终于见到一个人，即使不是萧朗，也没完没了地讲话，我终于知道有什么东西比断谷里的歌声更能让一个人的耳朵麻木，那就是一个女孩儿在你耳边不停地讲述自己的私藏。大虫啊，小乖啊，萧朗啊，她把她喜欢的东西当做是自己的私藏，每天讲个几十遍，同样的故事，同样的思念，每次讲起来都像是崭新的，不知道小米是不是真的记性坏掉了，还是她就是喜欢把自己喜欢的东西挂在嘴边。萧朗成了她一个最主要的话题，她不停地向我打听这，打听那，后来我只能说，奶奶，我真的不知道他是哪月哪日的哪个时候生的，你还是以后有机会，自己去问吧。我知道的东西和你差不多，他与众不同，没了。让我受不了的还有大虫的变化，大虫忽然变得很粘人，每天在我腿上蹭来蹭去，一点也没有过去的气节了，也许是重逢让它感到亲切，也许是每天和小米在一起，它比我早一步气馁了吧。

我看见了绿洲。

我和小米坐在小乖的身上，俯冲下去，停在一棵大树的顶巅。我怀疑自己的眼睛出了差错，或者是脑袋出现了幻觉。一条亮晶晶的大河铺在谷底，尽头是一挂轰隆隆的瀑布，瀑布下面又是一条亮晶晶的大河，这一条却看不见尽头。树林里的树特别高大，似乎是从没人打扰，就由着自己的性子长开来，不讲道理。在大河的另一侧，秃了一片地，果真是一个火山口，冒着滚烫的热气，我心想怪不得火鸟是红的，原来每天都有一个大炉旁边烤着。大河从火山口的一侧流过来，带着巨大的冰块，渐渐变成碎块，变成冰碴。

　　我的脑袋忽然被这壮景弄得灵光了一点，在谷底，火山和冰河搞在一起，亲亲热热，弄得断谷上面雾气腾腾，而就在不远的崖上，一些人因为另一些人多长了一对翅膀，就要把这些人从大到小赶尽杀绝，我搞不清楚人是怎么回事，非得一些人坐在另一些人的尸体上，才觉得安全。萧朗是我的朋友，可我总有些难言之感，他若是坐在婴野的位置，也许比婴野还要冷血。他们都那么聪明，不用看就知道这个世界是怎么一回事，可他们偏偏会把这个世界搞糟，他们对什么都没有悲悯，也没有一个时刻肯承认自己是软弱的，他们习惯于把别人摆在自己的棋盘上，你吃我的，我吃你的，输了的大不了掀翻棋盘，不玩了。就像萧朗，若是婴野真心赏他一个大将军做，他也许会做得很起劲呢。可我这种人又太无用，萧朗也许一直把我当做一个有力气、肯听话的可怜虫，我不能做主，若没有萧朗，我会一直当一个傻乎乎的苦劳役，直到有一天累死。有了萧朗，我便把脑袋系在他的身上，我的名字都是他给的，他若是不在，我就不知该如何是好，到底向东西南北哪里走去，或者干脆一动不动。世界上如果净是我这样的窝囊废，那是大大的不好，只能互相赖在一起，等着有其中一个突然开窍想出一个馊主意；如果净是萧朗那种人，也不好，斗来斗去，弄死好些人，眼也不眨，一天也不得安宁。可我变不成萧朗，萧朗也变不成我，他若沾了我的脾性，早早就死毬了，我若是沾了他的心术，我就会被自己折磨得发疯，每天被各种各样的欲念煎熬，又什么都不敢做。

世界上的人怎么弄才对呢？交给什么样的人来搞才对呢？若是我们翅鬼来搞，这些不能飞的雪国人也许也要通通整死，说实话，我看他们真觉得可恶，没有翅膀，腿又那么短，像老鼠一样招人心烦。那些欺负我的雪国兵，一个也不能放过，通通去做苦役，就是再修一座长城也行，累死这帮狗日的。想到后来，我一阵阵心寒，我从未想过自己心里有这么多恨，虽不敢像萧朗婴野一样在明面里打打杀杀，可若是给我掌了权，说不定我是最狠的那一个，对付一些没办法反抗的人，也许我更有一套呢。

　　本来以为自己的脑袋灵光了一些，想到后来又是一团糟，不过没关系，即使我知道这个世界该怎么搞，也没有人会听我的，所以还是不知道的好。萧朗虽然说话真真假假，可我确定这个大将军他马上就做到头了，他肯定是要逃跑的。我答应他帮他把火鸟埋伏在崖下，我不会食言，已经帮了他这么久，这最后的一次我用脚趾去想也是要帮的，只是不知道真到开战的那一天，我会不会吓得从小乖身上栽下去。

　　小米从早到晚玩得开心，大虫和小乖都和她好亲，每天围着她转。有时候我背着小米在谷底的绿洲寻觅，在河边，在树林里，都没有看到尸体，婴野嘴里的刺客到底存不存在，是不是小米，看来我是不可能搞清楚了。

　　在绿洲里玩耍的时光过得很快，虽然只有两天，但却是我一生中最快乐的两天。小米的唠叨和大虫的黏人都不是什么问题，这个被遗忘的世界给了我前所未有的自由，我的翅膀虽然是残的，无法飞行，可小乖帮我实现了飞翔的愿望，我理解了萧朗的话，原来每个翅鬼心中都有一个飞行的梦。当我趴在小乖的背上，在断谷间游荡，掠过树梢，大河，火山，看见各种各样能够飞翔的走兽，这断谷的野兽既能走，也有翅膀，大多长得面目可憎，可都和火鸟一样性格温顺，你只要一碰它们的身体，它们就仰面朝天躺下，在草丛里甜蜜地打滚。当我在空中看见这些，我发现自己似乎才成了自己，一个翅鬼，一个本应该能飞的人，自由，放肆，大声歌唱。我想，也许很快我就会死掉，被雪国人射死，被推下悬崖摔死，被萧朗抛弃在雪国，然后被婴野处死，每当想到这些，我会害怕得浑身发抖，可当我骑在小乖的脖子上，我就忘了这些毬事，去他娘的，只管飞吧。

　　看来，即使是两天的自由也能让人不害怕。

七

两天过去之后，正午来了。

我和小米早早吃饱了果子。小米骑着小乖的脖子，我在她的身后搂住她的腰，大虫呢，赖在我们之间，头顶着小米的屁股，腿蹬着我的小腹。我数了数，和我们一起埋伏在崖下的火鸟大约有一百只。这个埋伏地点是我选的，离雪国一侧的断崖非常近，我想确保听见他们的声音，这样才能迅速地反应。火鸟们表情平静，它们是大虫的宠物，它们不知道一会儿将面对什么。小米帮我用树枝做了一顶帽子，她说这是木头盔，能挡住射向眉心的一箭。我用石头帮她削了一把木剑，插在她的腰间，我说也许你用得着，和萧朗一起并肩作战。我们就这样待在崖下，一个顶着木头盔，一个别着木头剑。在云雾之间，我闻到小米脖子里的香味，是绿洲的味道，纯粹的植物的气息，小米就像是一株绿洲里的植物，自在，肆意地把自己亮出来，不管有没有人看。她不可能喜欢我，她想着萧朗，我也不会喜欢她，不是吹牛，是因为我觉得她从出现开始就属于萧朗，我的心里就自我阉割了邪念，可我怀疑，萧朗不像他看起来那么喜欢她，她只不过是萧朗心里的一片绿洲，仅有的绿洲。

太阳已经到了天空的正中，崖上开始有了动静，脚步声和车马声渐渐到了长城之上，之后是盔甲摩擦的沙沙声。过了一阵子，脚步声和盔甲的摩擦声渐弱，长城上安静下来。一个清朗的声音高声诵读着什么东西，我一听便知是巫齿又在拿着一卷纸摇头晃脑地之乎者也。这一次比在翼殿里那次还要漫长，讲到几处我以为他要放过我们了，没想到他咳嗽一声，又继续读下去，火鸟们竟都显出烦躁的神情，温顺如火鸟都有些不耐烦，看来雪国人的有些规矩确实人神共愤。念到后来，我闻到一种好像是皮子被点燃的气味，夹杂着香烛的香味，之后，听见巫齿说："祭天完毕，请陛下点将。"然后是婴野高亢的声音：

"翼灵军的将士们，四十天前，你们是奴隶，被囚在井下，死亡对你们来说，就像是上苍的恩赐；四十天后，你们是我雪国最精锐的勇士，是我的先锋，只有战斗才能让你们获得安宁。

我要你们用敌人的头颅证明，你们不是最无能的奴隶，你们是最残忍的战士，如果你们回来时，腰间没有敌人的头颅，那就挂着你们自己的头颅。"

婴野说完，巫齿又说道：

"请陛下为大将军婴朗披甲。"

然后崖上的便呼呼啦啦跪下。婴野说：

"婴朗，别忘了，你是我的兄弟，如果你死了，我为你戴孝，如果你活着回来，我封你为翼灵王，要你永远做我的大将军，我们再不分开。"

说完，我听见他在为萧朗披上那副他亲手打造的铠甲，之后铠甲跪倒，萧朗说：

"陛下，我有一事相求，若你应允，我可百死而不惧。"

婴野说：

"讲，我什么都可以允你。"

萧朗说：

"今天之后，将长城拆毁，此物能御不能攻，实属不祥，无论我有没有命回来，请您允我，就算为陛下粉身碎骨，我婴朗也心甘情愿。"

婴野大声说：

"我答应你，无论你们翼灵军今日之战若何，今日之后，我便把这不祥之物拆毁，雪国人从此只攻不守。"上面传来山呼一般的应和声：

"只攻不守！只攻不守！"

不知婴野今天带来了多少兵士。萧朗说：

"谢陛下。"

婴野说：

"去吧。"

之后，铠甲站起，说：

"翼灵军的弟兄，想想你们的伙伴，想想你们的仇敌，入谷！"

然后长城上便掷下无数条绳索，像瀑布一样铺在崖上，翅鬼们沿着绳索进入谷中。我一拍大虫，大虫尖叫一声，火鸟们像是一片晚霞一样突然之间跃到长城之上，并且齐声唱着歌，歌声清澈壮美。我紧紧搂住小米的身子，小米发出一声长啸，这样刺激的飞升让她浑身都在战栗。我看见长城之上密密麻麻站满了雪国兵，把整个长城都站满了，好像长城是人做的一样，在每个弩台之上，都准备好了巨大的投石车，投石车的木臂向后仰着，里面装好了大石。火鸟们的出现让这些雪国兵发出一声整齐的惊呼，纷纷向两旁躲闪，一些雪国兵被推倒，被踩得哇哇直叫。巫齿大叫：

"谷妖来了，保护陛下，快走！"

婴野从腰里拔出短剑，一剑斩下巫齿的头颅，这一斩快捷无比，动作和那个雪国武士如出一辙，他喊道：

"临阵脱逃者斩！不要管我，给我射死这些谷妖，谁下了长城，箭囊里还有箭，全家抄斩！"

他这一喊，雪国兵便立住不跑，纷纷鼓起勇气把雪弩拉开，顷刻间，箭如雨下，雪国人造雪弩，便是为了射杀飞禽，这东西虽看起来粗陋短小，射出的钢箭却是有破风之声，力道极大。火鸟们虽是体积巨大，翅膀有力，可一生以吃果子和唱歌为乐，从未想过要和人作战，这一阵箭雨射来，火鸟马上折损大半，血水把雪国兵的盔甲淋得通红，这些鸟儿到死也不知道，为什么有生以来第一次跳上崖来唱歌，便有人问也不问，取它们性命。小米放声大哭起来，因为小乖的颈部中了两箭，翅膀也中了一箭，眼见不行了，可它还在奋力扑打着翅膀，唱着歌，不知道该往何处去，小米边哭边喊：

"小乖，快跑，快跑，我们回家。"

小乖是跑不了了，血像是喷泉一样涌出来，它回头看小米和大虫，眼睛里分明写着：

"这是怎么了，他们不喜欢我们唱歌吗？"

大虫没想到我让它指挥火鸟飞起，结局竟是如此。它失去了理智，腾空而起，我抓它不着，它像是疯了一样地用爪子和牙齿击打射向小乖的弩箭，可早已经来不及了，小乖看了我们一眼，便闭上眼向谷里落去，我和小米只好紧紧抓住它的脖子。小乖浑身一震，用它剩下的一点力气，攀住了崖壁，我拖着小米爬上绳索，小米拼命要把小乖拉住，可那又怎么可能呢？小乖滑脱了小米的手，像一枚果子一样落入谷底。大虫这时看起来恢复了神智，用叫声招呼火鸟们飞回谷里，我喊：

"大虫，先不要跑，让它们再撑一些时候。"

大虫竟向我冲来，我看见它彩虹一样的翅膀扑打得飞快，我想：我为了护着萧朗让它们去送死，它要咬死我吧。可没想到大虫竟向我身后冲去，我才发现原来萧朗就隐在我身后的绳子上，他藏得那么安静，我一点也没有察觉。大虫的速度萧朗根本无法躲开，而且它完全是同归于尽的样子，我看见萧朗盔甲中露出的眼睛写满了绝望，这次他不会像那次从我井里的墙上爬出来，那么走运了。但我想错了，一支弩箭几乎和大虫一起飞到了萧朗的脑袋，大虫被弩箭穿身而过，原来婴野发现了萧朗的位置，这支弩箭是他所射，直奔萧朗的眼睛，大虫拿自己当了萧朗的盾牌。我看着大虫落下不见，放声痛哭起来：

"萧朗，萧朗，你还要害死多少人？"

这时候我这才发现，火鸟们已经几乎全部被射死，大部分落入谷底，少数死在长城上，雪国兵补上数刀，然后拖走。而这一千翅鬼没有爬进谷中，而是趁火鸟们送死的当儿，正在断谷两岸搭一条又粗又长的灰色绳索，让人吃惊的是，这些翅鬼竟然正在谷中飞翔！是鹿皮！他们用鹿皮做了翅膀，套在他们翅膀的外面，一定是萧朗弄的什么机关，这鹿皮翅膀有个把手在胸前，翅鬼们用一只手摇着，身后的翅膀便呼扇呼扇地摆动，里面的小翅膀肯定也在用力。我想是萧朗看见萧寒和子虎争大将军时，从柱子上滑翔而下，想到的主意。有些翅鬼看起来还不熟悉如何操作鹿皮翅膀，刚放开绳索便惨叫着跌进谷里，边落边用手在胸前拼命地摇着，既滑稽又可怕。

我看见了子虎，他飞得十分自如，正招呼着翅鬼们把这绳索牵到对面去。这么长的绳桥一定沉得很，许多翅鬼边飞边用一只手奋力托着，向对岸送去。婴野看得清清楚楚，他喊道：

"他们要逃，射！射死一个翅鬼，赏一蛾，射死大将军婴朗者，便是大将军！"

他一说完，雪弩便指向了半空中的翅鬼们，投石机也把石块掷向他们，可看来萧朗早就布置妥当，那些托着绳索的翅鬼毫不惊慌，继续飞向对岸，而剩下的翅鬼则围在他们周围，用佩剑帮他们把弩箭打落，用的正是子虎所教的格挡之法，即使自己中箭身死也在所不惜。如果是大石来袭，竟然是几个翅鬼手拉着手，挡向大石，被大石击中后，口吐鲜血和大石一起坠下。原来这队翅鬼是专程送死来的，为的就是能把这条绳索搭好。不一会，护着绳索的翅鬼几乎死了个干净，只有子虎还在拼力把这绳索拴在对面的崖上，可他的身上已经中了数箭了。这景象看得我尿湿了自己的裤子，子虎和他的先锋队为什么拼死要搭这么一座绳桥呢？他们径直摇着翅膀飞到对岸，婴野除了气得跳脚，无计可施。

我忽然明白，原来是为了萧朗，他没有翅膀了，只能顺着绳子爬过去。

这婴野真是一个亡命之君，一箭没有射中，竟撇下自己的士兵，跳下崖来，一手抓住萧朗的绳索，一手袭向萧朗的面门，说：

"这次你没有翅膀，藏不了钢钎，看你还有什么办法保命？"萧朗并不回答，也不躲闪，旁边忽然伸出一只手，抓住婴野的手腕，却是萧寒，他果然一直都在萧朗三步之内。这时候这一条通天的绳桥已经搭好了，子虎被射成了刺猬，尸身搭在绳索上面摇摇晃晃，他完成了先锋官的使命。萧朗手里亮出一条亮晶晶的链子，却是过去锁住我们双手的那一种，搭上绳桥，向对岸滑去。崖上的雪国兵也已经发现萧朗要沿着绳桥逃走，便把弩箭向他射来，可婴野造的铠甲果然了得，弩箭射在上面全都纷纷落下，丝毫伤不了萧朗。萧寒却有些不支，他的身手还是那般法度森严，可婴野却是快如闪电而且招招杀手，萧朗回头，发现萧寒要败，喊道：

"萧寒快飞，不要和他纠缠。"

可我和萧寒都看得明白，如果此时让婴野腾出手来，以他的功夫，转眼间就会追上萧朗。萧寒说：

"大将军，你若活着逃了，记住我的父亲姓林，我本该叫林寒。"

萧朗说：

"林寒，快逃！我命你快逃！用我教你的飞行之法！"

可这话已经说得晚了，婴野一脚踹中林寒的小腹，紧接着一把抓住扭断了他的脖子，林寒闷哼一声，双手松开绳索，扑在婴野身上，要与他同归于尽，婴野没想到萧寒能殊死一扑，被林寒的尸身扯得微微一摇，滑下几分。可林寒已经气绝，手便松了，落了下去，婴野显然被这一扑吓得可以，悬在绳子上喘气。

喘了半晌，婴野掏出短剑，开始割这绳索，这绳索被一圈一圈地缠在一块突出的石头上，割断远比解开容易。他知道萧朗本就有伤，这绳索若断，他便会被活活撞死在对面崖上。几个残存的翅鬼向他扑来，都被他轻松刺死，除了萧朗，他的翼灵军已经全军覆没了。萧朗发觉婴野的意图，便不敢向前滑，因为离对岸实在太远，唯一办法只有爬回来，与婴野殊死一搏。我知道大事不妙，婴野一人萧朗便不能对付，这时候雪国兵又找来绳索，向他们爬来。我知道这时我应该收声等待，什么时候有雪国兵发现我这个漏网之鱼，我便马上投降甘当俘虏。可不知是怎么回事，我心下突然升起一种力气，想要和萧朗同生共死。不知是因为我们是朋友，还是因为我们是翅鬼，还是因为大虫，小乖，萧寒，子虎都已经死了，我再也承受不了萧朗也死掉，他们可都是因为他而死。我只知道我眼睁睁看着他死去的痛苦大过我和他死在一块的痛苦，我便将绳索荡起，准备向婴野撞去。这时我发现小米跳到旁边的绳索上，边哭边向婴野靠近，婴野已经把短剑指向萧朗的眼睛，等萧朗自己把眼睛送到剑尖上来。

萧朗却毫无惊慌，不知为何，我感到他前所未有的平静。萧寒和子虎为他而死，他已经违了自己立的第一条军规：翼灵间不能互相残杀。这时婴野说道：

"萧朗，你没有翅膀了，就再也飞不走了，何苦还要送上这么多翅鬼的性命？"

萧朗说：

"婴野，就算是你把我们都杀了，你也还是不会飞，你又何苦呢？"

萧朗把话说完，竟然单手把头盔摘了下来，露出俊朗的面容，脸上竟然带着泪，我第一次见到他流泪，我相信他不是因为自己就要死了，而是因为已经死掉的人。婴野说：

"你知道你被割下的翅膀在哪吗？在我肚子里。我已经把它们吃了，御医说不出五年，我便能长出一对一样的翅膀。"

说完把短剑往前一送。

就在这时，小米手抓绳索向他扑来，婴野并没在意，一个身形瘦小的女翅鬼能把他怎样？他抬起短剑准备将小米刺落，可小米忽然把手松开，飞鹰一般扑向婴野，手里挥的正是我帮她削的木剑，木剑夹着风直刺婴野咽喉，婴野忙把短剑回挡，小米突然将木剑松开，双手挖向婴野双眼，我小声喊道：

"刺客！"

婴野没料到这个女翅鬼竟然身怀绝技，而且所使都是搏命的招式，他慌乱之中用短剑削向小米双手，小米的双手顿时断了，两只手掌落入断谷，可木剑确是实打实地击中婴野咽喉，婴野闷哼一声，几乎从绳索上栽下，小米身体失去力气，向下落去，萧朗忽然伸出一只手把小米的衣服抓住，他的身子便侧着摇晃起来，随时都可能坠下。婴野大口喘着气，他拼尽最后一点力气把短剑慢慢刺向萧朗，这时我发现萧朗竟然微笑起来，我顺着他的目光看去，原来是和小米正相视而笑，我感觉不好，喊道：

"别！"

便向婴野撞去，可已经晚了，萧朗喊道：

"小米，我们去看看绿洲吧。"

小米说：

"好啊，小乖和大虫已经去了。"

萧朗松开了抓住绳桥的手，两人几乎像那个夜晚初次遇见时一样，拥抱着落入谷中。

我疯喊着荡向婴野，婴野回剑刺我，神情已经极其狼狈，一点也不像什么国君，倒像是一个但求活命的无赖。我毫不躲闪，非要把他撞下谷去，他一剑刺中我前胸，我胸口一阵剧痛，可并没有流血，婴野反倒被我一下撞下绳索，他已经来不及长出翅膀了，他的喉咙坏了，连惨叫声都发不出就落了下去。我使出浑身的力气攀到翅鬼搭好的绳桥之上，这时绳桥断了，我又一次荡了起来，我全身收紧，不知迎面而来是什么样的石头，没想到竟是长在石缝里的树，我撞在上面，身上划破了许多口子，却无大碍。我没空去想萧朗和小米已经死了，只想着赶紧爬到上面脱身，多亏从小到大，无数次从井底爬向井口，这一双腿这时候派上了用场，也不知道爬了多久，终于爬到崖上。

我仰面躺下，胸口的剧痛袭来，我伸手向衣服里摸去，摸出一枚碎成几块的蛾币，原来是当初萧朗赏我一枚钱救了我的性命。蛾币的翅膀断得粉碎，我放声大哭起来，呼喊着一个一个名字，我大骂萧朗害死了这么多人，到最后竟去和一个女人相拥而死，我骂小米心怀叵测，明明身怀绝技，却装得像个傻姑娘，我骂大虫向来和萧朗不和，这时候却甘心为萧朗丧命，我骂小乖为什么逃得这样慢，我骂子虎，萧寒为什么为了一个命令而不顾自己的死活。

我骂得筋疲力尽，躺在地上，我知道只是在想念他们。

等我把眼泪擦干，转身看这一块从未来过的土地，我看见了一群农夫一样的人正狐疑地看着我，他们似笑非笑，原来是在看我的小翅膀，我才发现，他们长着和萧朗一样的翅膀。

我应该是回家了吧。

八

每年的这个时候，都有人请我讲萧朗的故事，今天给你们这群孩子讲，是我最后一次讲他的故事，我的钱已经挣得差不多了，不想再胡编乱造下去，说实在的，你们运气不错。

萧朗的故事在你们的教科书上已经写得很清楚，所以过去我只需要按照他们的要求，以老朋友的身份把你们书上写的东西讲得惟妙惟肖就成了。但是我告诉你们，你们书里的东西是不错的故事，但不是历史，有些根本就是扯淡。有人告诉我，你们的书上写：萧朗，名寒，字子虎，简直是笑话，我当时明明向那个史官讲得清清楚楚，林寒是他的护卫，子虎是先锋，他怎么能一下子把林寒和萧子虎写没了呢？据说，你们的书上还写说：萧朗徒手力挫贼首婴野，野屡扑于地而终力殚不起。十个萧朗也不是婴野的对手，若不是萧朗使诈用钢钎偷袭，早就被摔死了，而且屡扑于地的是萧朗，怎么变成了婴野？你们的书上把萧朗写成了大英雄，萧朗是英雄不错，可不是你们书上写的那种，他根本没想率领翅鬼们逃回故土，他脑子也没什么种族争斗的念头，他只是想着自己跑回来，过上正常人的日子。最可气的是，你们的书上半个字也没提到小米，若不是那个女孩儿，可能萧朗现在还活着。我到现在也不知道小米到底是什么人，是刺客，还是一个迷了路可身怀绝技的女孩儿？她是一直在骗我们，还是只不过在最危险的时候记忆突然回来了？没人告诉我，甚至有人对我说，你老糊涂了，根本没有小米这个人。我知道，我到死也搞不清楚这个小米的来历了。

　　但是，我得承认，我活了这么一大把年纪，有些事情已经记不清了，尤其是回到羽国之后的事情，我忘了许多，也许是年纪大了，也许是这边的事情没什么值得记住的。而关于萧朗的事，我相信我记得的都是发生过的，我讲了一遍又一遍，每次讲我都觉得好像又和他见面了，还有大虫，小米，小乖，每一遍讲他们的故事，我便和他们又待了一会儿。

萧朗是对的，这些狗日的雪国人原来是一些囚犯，因为他们没有翅膀，是羽国的畸形儿，所以在羽国被关在牢里，有时候出来做苦役，盖房子，采矿，造兵器，所以这帮雪国人把房子修得这么好，又把兵器铠甲弄得这么精细。一千年前他们被发配到塞北苦寒之地做苦工，据说是采矿一类，没想到轰隆隆一声巨响，地动山摇，这些囚犯死了不少，活着的人发现出现了一道大断谷把他们和羽国割开了。这些人便每天哭爹喊娘，因为回不了家，也因为那儿实在是太冷了。时间久了，他们发现羽国没人理他们，也没人想把他们抓回去，他们便造反杀了羽国的守卫，烧了有羽国字样的书，留了一本什么《婴语》，说来可笑，这本书却是羽国的一本字典，里面的字都是别国的字，为的是和别国通商用的。他们还捧着当做天书，我每当想起来都要哈哈大笑。还有，雪梨在羽国是喂马的，只有马和囚犯才吃雪梨，怪不得小米说什么也不吃。

羽国其实早把这些囚犯忘了个干净，若是没有我送信，他们不会相信一些囚犯竟然在断谷那边建立起了一个国家，还把有翅膀的生灵赶尽杀绝。羽国消灭雪国几乎兵不血刃，这些蠢人竟然相信了萧朗什么"只攻不守"的屁话，按照婴野的许诺把长城拆了，这可能是萧朗干的唯一一件造福别人的事。现在，雪国人又做回了奴隶，每天住在自己修的井里，我相信这是理所应当的事，这些混蛋天生就应该被关起来，谁让他们没有翅膀，在哪待着对于他们都是一样。

我经常回到谷底看看，只看到许多火鸟和翅鬼还有婴野的骨骸，大虫的尸体我也找到了，现在放在我床头的坛子里。但我一直没有找到萧朗和小米的任何痕迹。我老觉得也许有一天我会在谷下碰见萧朗和小米，和我一样老，正手挽手地走着。

那个我和萧朗挖的出口，现在长出了一棵梨树，好大的一棵。我看到那棵树便想起来萧朗和我说的两句话，一句是：

"你有了名字，等你死的那天，坟上就能写上一个黑色的'默'字。"

另一句话是他在修井的苦役最后一天跟我说的，他用狡猾的眼睛看着我，好像一切都已经盘算好了，他说：

"再见吧，默。"

图书在版编目(CIP)数据

翅鬼 / 双雪涛著. –– 桂林：广西师范大学出版社，
2019.1（2019.3重印）

ISBN 978-7-5598-1326-8

Ⅰ. ①翅… Ⅱ. ①双… Ⅲ. ①长篇小说 – 中国 – 当代
Ⅳ. ①I247.5

中国版本图书馆CIP数据核字(2018)第242721号

广西师范大学出版社出版发行

广西桂林市五里店路9号　邮政编码：541004
网址：www.bbtpress.com

出 版 人：张艺兵
责任编辑：罗丹妮
特约编辑：翁慕涵
封面设计：陆智昌
内文制作：李丹华

全国新华书店经销
发行热线：010-64284815
山东鸿君杰文化发展有限公司
山东省淄博市桓台县　邮政编码：256401

开本：850mm×1168mm　1/32
印张：5.25　字数：80千字
2019年1月第1版　2019年3月第2次印刷
定价：45.00元